http://www.bbulmedia.com

墨血衛士

묵혈위사

임홍준 신무협 장편소설

묵혈위사

墨血衛士

4

광룡(狂龍)

뿔미디어

목차

第一章 험로돌파(險路突破) ●9

第二章 황매검(黃梅劍) ●39

第三章 비림(碑林) ●73

第四章 묵룡강림(墨龍降臨) ●105

第五章 북천혈사(北天血事) 上 ●133

第六章 북천혈사(北天血事) 中 ●165

第七章 북천혈사(北天血事) 下 ●197

第八章 춘풍연풍(春風戀風) ●235

第九章 소림사(少林寺) ●269

이 책을 故 임홍준 작가님의 영전에 바칩니다.

— 뿔 미디어 기획실 —

第一章

험로돌파 (險路突破)

획―획―.
애초 느긋하게 나선 걸음은 아니다.
그렇다고 지나치게 급하게 갈 생각도 아니었다.
그러나 이제 상황은 달라졌다.
서안에 변고가 생긴 이상 일분일초를 아껴야 했다.
일행의 선두는 묵현이었다.
파라락.
 대기와 마찰되어 찢어질 듯 펄럭이는 옷자락, 그리고 길게 늘어진 잔영은 지금 그가 얼마나 전력을 다해 달리고 있는지를 잘 보여 주고 있었다. 묵룡위들은 그런 그의 뒤를 따라 열심히 달렸다.

지금 이들이 보여 주는 한계를 넘어선 움직임과 경이적인 속도의 질주는 무림인이라면 절대 하지 않을 무리한 짓이었다. 더군다나 상대의 함정이 예상되는 상황이라면 더욱 하지 않아야 할 최악의 수였다.

그런 사실은 묵현과 묵룡위들 역시 잘 알고 있었다. 알면서도 피할 수 없을 뿐이었다.

이들 덕분에 힘들어진 것은 진하은과 남궁령이었다.

사실 천화와 검화라 불리는 진하은과 남궁령의 무위는 낮지 않았다. 오히려 묵룡위 몇몇보다 더 나은 정도였기에 경공을 펼치는 일뿐이었다면 힘들 이유는 없었다.

문제는 다른 데 있었다. 사람들이 많이 다니는 관도를 피해 야지를 밤낮없이 달렸고, 야숙을 당연시 여겼다. 이런 거친 여행은 고귀한 신분의 두 여인에게는 너무도 힘겨운 일이었다.

그 와중에 둘은 단 한 번도 불평하지 않았다.

아니 할 수 없었다.

지금 묵현과 묵룡위를 짓누르고 있는 묵직한 절박함이 감히 불평을 입에 담지 못하게 만들었다.

묵현과 묵룡위의 얼굴은 서안의 급보를 전해 들은 이후 몹시 경색되어 있었다. 어지간한 일이 아니라면 일행의 걸음을 멈추게 하는 일은 없을 것만 같았다.

척.

앞서 달려가던 묵현이 발길을 멈추며 전음을 보냈다.
"적이다!"
스스슥.

묵현이 심각한 눈빛으로 전방을 노려보고 있는 동안, 묵룡위는 교묘히 진하은과 남궁령 둘을 감싸듯 전개를 마쳤다.

그리고 묵현은 당연하다는 듯 진하은과 남궁령의 앞을 막아서고 있었다.

진하은과 남궁령의 눈동자가 순간 흔들렸다.

한시가 급한 다급한 상황임에도 호위를 포기하지 않는 묵현의 모습에 절로 경탄하지 않을 수 없었다.

'믿을 수 있는 사람.'

묵현은 그런 사내였다.

적어도 그가 호위하는 동안 만큼은 자신들이 나설 일은 없으리라.

아니, 묵현이 그리 만들 것이 분명했다.

묵현은 그 상태에서 천천히 자신의 검을 들어 올린 뒤 전방을 향해 날을 드러냈다.

묵룡위는 그런 묵현의 움직임에 동조하며 각자의 병장기를 꺼내 들었다.

지금까지 묵현이 이토록 신중했던 적이 있던가?

아마 없었던 것 같다. 지금껏 이렇게 확연히 느껴질 만큼

험로돌파(險路突破) 13

큰 기세의 변화는 없었다.

그래서 더더욱 긴장되는 순간이었다.

천하의 묵광 묵현이 지금 긴장하고 있는 것이다.

"나와라."

묵현은 한동안 모습을 드러내지 않는 상대를 향해 묵직한 목소리로 입을 열었다.

하나 상대는 그 모습을 보이고 있않았다. 무형의 예기만이 건너편에서 뿜어지고 있었다.

기세와 기세의 싸움이 시작된 것이다. 승패의 여부는 각자가 가진 심력의 차이로 결정될 것이 분명했다.

보통 이런 겨룸의 경우 누군가 먼저 균형을 깨는 순간 틈이 벌어지기 마련이다.

일촉즉발의 팽팽한 기세의 대립으로 인해 기운과 기운이 맞닿는 곳에서 작은 돌풍이 일기 시작했다.

묵현은 굳건하게 자리를 지키고 있었다. 처음부터 그랬다는 것인 양 일체의 미동도 없었다.

그러는 동안 그의 안색이 점차 편안해지고 있었다.

이 모든 게 묵혈지공의 공능 덕분이다.

정확히는 묵혈관 제삼관에 설치되어 있던 환영진을 건너며 얻게 된 절대 부동심이 발동된 것이다.

감각에 현혹되지 않고 진실을 꿰뚫어 본다는 것은 쉬운 일이 아니다.

무공의 고하로 판별할 수 있는 것도 아니다. 물론 고수가 됨으로써 더 구별하기 쉬울지 모르겠지만 고수라도 어려운 것이다. 일반적인 무공과는 다른 공부이기 때문이다.

그렇지 않다면 묵혈관에 일부러 환영진을 설치하지 않았을 것이다.

그만큼 쉽지 않은 관문을 통과하여 절대 부동심을 습득한 묵현은 이에 그치지 않고 자신의 심득을 녹여 묵혈지공을 만들어 냈다.

이는 기의 실체만을 좇는 묵혈위사만의 고유한 무공인 묵혈지안과는 다른 공부라 할 수 있었다.

묵혈지안이 사물의 실체를 판별하는 능력을 지닌 것이라면, 묵혈지공은 오히려 내부의 다스림에 중점을 두고 있다고 볼 수 있다.

하나같이 그 둘의 극의는 부동이다.

부동(不動), 움직이지 않는다는 정의 안에 속한 무수히 많은 깨달음의 갈래 중 묵현이 취한 것은 그렇게 두 가지였다.

그리고 일행은 점차 표정에 여유가 생기기 시작했다. 상대의 기세를 묵현이 온전히 상쇄하고 있음으로 인해 생긴 결과였다.

'이 사람……!'

진하은 역시 다시 한 번 그런 묵현의 능력에 감탄했다.

'흐음. 역시라고 해야 하나?'

방호선 역시 그런 묵현의 모습에 절로 고개를 끄덕였다.

'그런데 대체 누가 그를 긴장시킨 거지?'

생각해 보니 궁금했다. 당금 강호에서 묵현을 긴장케 할 상대가 과연 몇이나 될까?

광천도 나진문이 누구던가!

천하 삼대 도객 중 하나로 그 위명이야 말할 바 없고, 그 무위 역시 최정상을 달리던 이가 아니던가.

그런 나진문을 꺾은 묵현이 긴장할 상대는 적어도 방호선 자신이 아는 상식선에서는 많지 않았다.

그 대상의 대부분이 한 단체의 장이거나 무당현검 공문처럼 단지 움직이는 것만으로도 사람들의 이목을 집중시키는 존재들이었다. 그들 가운데 누군가가 움직였다면 개방의 후개인 자신에게 먼저 소식이 전해졌을 것이다.

즉, 방호선 자신이 모르는 의외의 고수의 등장일 가능성이 높았다.

'암류!'

순간 자신도 모르게 온몸의 근육이 긴장됨을 느꼈다.

만약 그렇다면……. 아니 그럴 것이 분명했다.

내심 아니라 생각하고 싶지만 상황은 명약관화했다.

꿀꺽.

갑자기 입이 말랐다.

"큭!"

 이번 행로 자체가 상대가 마련한 함정일 가능성이 컸는데, 바보같이 미리 준비하지 못하고 이들 일행의 뒤를 쫓기만 했던 자신에 대해 자책하는 마음이 컸다.

 하나 그런 내색을 하지는 않았다. 어차피 일행 역시 짐작하고 있었을 것이다. 그렇지 않고서는 지금까지 이어진 최대한 사람들의 시선을 피해 움직인 험난한 여정이 말이 되지 않는다.

 자신이 이제야 그걸 깨닫게 되자 속이 쓰렸다.

 '빌어먹을!'

 진짜 빌어먹을 일이었다.

 방호선은 앞으로는 절대 이런 일이 생기지 않게 하리라 결심하며 다시금 전방을 노려보듯 주시했다.

 마치 생사대적을 앞둔 사람처럼.

 "흠."

 그때 들려온 작은 침음, 그것은 놀랍게도 묵현의 입에서 새어 나왔다.

 지금의 대치가 길어지고 있는 것이 묵현 그에게도 부담이라는 말이었다.

 하긴 극도로 예민해진 신경을 그대로 유지한다는 것은 쉬운 일이 아니었다.

 이는 상대 역시 마찬가지였다.

"흥! 제법이구나!"

한참 동안 반응이 없던 상대가 스르르 나타나며 입을 연 것이다.

길고 긴 대치의 순간이 깨어졌다.

'으음!'

모습을 드러낸 노인의 눈가가 파르르 떨렸다.

직접 마주하고 보니 새삼 묵현의 기세가 얼마나 엄중한지 체감할 수 있었기에 노인의 표정이 좋지 않았다.

'빌어먹을!'

처음에야 쉽게 끝날 일이라 생각했다.

제아무리 무공의 천재라 해도 세월을 이길 수는 없는 법이다.

그것이 지금까지 노인이 알던 무공의 법칙이었고 세상의 규범이었다.

하나 묵현은 그런 상식으로 재단하고 이해할 수 있는 범위를 넘어서 있었다.

천재라는 말로도 부족한 존재.

간혹 어쩌다 태어나게 된다는 이 빌어먹을 종자가 하필이면 눈앞에 있을 줄이야!

'쉽지 않겠어!'

노인은 이번 일이 쉽게 끝나지 않을 것임을 직감했다.

어쩌면 '그들'과 손잡은 순간부터 지금의 순간은 예정된 결과인지도 모른다.

하긴 그랬으니 그들이 그토록 좋은 조건으로 자신을 불렀으리라.

청해의 제왕인 자신을 움직이는 대가는 적지 않으니까.

어쨌건 나선 길이니 끝을 내야 했다.

우두둑.

몸 안의 내기가 폭발하며 순간 노인의 골격이 커졌다.

"강호에 묵광이란 애송이가 쓸 만하다 해서 허언인 줄 알았더니, 오히려 부족했구나!"

그리고 광기 어린 두 눈이 묵현을 노려봤다.

쿠궁!

실제 소리가 난 것은 아니었다.

하나 그 순간 방호선은 심장이 덜컥 내려앉는 느낌이 들었다.

"청해혈마!"

동시에 찢어질 듯한 비명이 터졌다.

"어, 어떻게……!"

지금 눈앞에 모습을 드러낸 이는 여기에 있어서는 안 되는 사람이었다.

아니 이 정도 거물이 움직였다면 소문이 나는 게 당연했다. 그만큼 청해혈마가 무림에서 차지하는 비중은 적지 않았다.

세외에 치우친 청해의 제왕으로 군림하고 있지만, 혈수로 대변되는 그의 독문 무공인 마라혈강기는 실로 무서운 무공이었다.

 스치는 것만으로도 혈기에 노출되어 피가 터지고 살이 찢어진다는 극악의 마공!

 만약 청해혈마가 청해에서만 지내지 않고 중원으로 들어왔다면 천하를 사분하고 있는 당금 강호의 세력 판도가 능히 뒤바뀌었을 절대의 거마가 어찌 지금 이 자리에 있단 말인가!

 방호선의 두 눈이 찢어질 것처럼 부릅떠졌다.

 "호! 제법이야. 나를 알아보다니, 과연 개방이라 해야 하나?"

 청해혈마는 그런 방호선을 보며 내심 흐뭇하다는 표정을 지었다.

 하나 그런 방호선의 놀람에도 묵현은 전혀 미동도 없었다.

 누구라도 두려워할 만한 상대임에도 말이다.

 꿈틀!

 그게 또 청해혈마의 신경을 거슬렀다. 그의 입장에서는 자신의 위명 앞에서도 멀쩡한 애송이가 마음에 들리 만무한 일!

 "놈!"

괜히 별호에 혈 자가 붙은 게 아니다.

그 성정이 불같아서 마음에 내키지 않은 이를 보면 살수를 서슴지 않아서 붙은 별호다.

청해혈마의 두 손이 벼락처럼 쏘아졌고, 묵현은 검을 휘둘러 막았다.

쩌정!

격돌의 여파를 떨치기 위해 묵현은 뒤로 물러서며 아직도 떨리는 검의 진동을 억지로 눌렀다. 그러나 생각보다 대단한 상대의 무위에 낯빛은 어두워졌다.

애초 길을 떠나면서 쉽지 않으리라 생각했지만 상황은 최악이었다.

상대가 하나뿐이었다면 별문제가 되지 않는다.

막으면 벤다!

지금까지 그랬던 것처럼, 이번이라고 다를 바 없었다.

설령 자신의 무위가 상대에 비해 부족할지라도 쉽게 지지 않을 자신이 있었다.

그러나 상대는 아직 많이 남아 있었다.

그것도 청해혈마에 비해 손색이 있지만 나름 만만찮은 이들이 다수 포진해 있었다.

하나 그것을 내색치 않았다.

묵현은 끝까지 부동심을 지켰다.

그는 손을 들어 뒤에서 대기하고 있던 묵룡위에게 신호

를 보냈다.

지금은 이들을 믿을 수밖에 없다.

아직 덜 여문 아이들이지만 묵룡위라는 이름을 거저 딴 것은 아니다.

게다가 묵현 자신이 직접 조련하지 않았던가.

그리 쉽게 무너지지 않을 것이라 믿었다.

묵룡위가 함께 펼치는 묵공은 이럴 때를 대비한 무공이다. 적의 습격에서 누군가를 지키는 것, 그것이 묵룡위의 존재 이유였다.

그러니 오히려 이런 상황이야말로 묵룡위의 진가를 제대로 발휘할 수 있는 전장이라 할 수 있었다.

묵현은 지시 내리는 것을 끝으로 묵룡위에 대해서는 신경을 껐다.

눈앞의 적에 대해 집중하는 것! 그게 지금 자신이 할 수 있는 최고의 선택이었다.

묵룡위들은 그런 묵현의 기대에 부응하여 진하은을 중심으로 진형을 단단히 굳혔다.

"호! 네놈 혼자 나를 상대할 수 있으리라 생각하느냐!"

청해혈마의 얼굴은 노기로 인해 잔뜩 붉어졌다.

자신을 앞에 두고 이토록 겁이 없던 이가 존재했던가.

단연코 없었다.

아니 있을 수 없다.

혹 존재했을지도 모르지만 그들 역시 이미 한 줌 흙으로 사라진 지 오래다.

"본좌 앞에서 감히!"

이는 실로 자신에 대한 도전이자, 건방진 반항이었다.

청해혈마의 두 손이 붉게 달아올랐다.

경지에 이른 마라혈강기가 두 손을 타고 꿈틀대며 위협적인 이빨을 드러냈다.

지독한 핏빛이 만들어 내는 위험한 향기!

반드시 상대의 멱을 따고 말겠다는, 피를 부르는 살기 앞에서 그 무엇도 안전할 수 없었다.

설령 그 상대가 천하의 묵광이라 해도 결과는 달라지지 않으리라 청해혈마는 생각했다.

획―.

또 다시 휘둘러진 청해혈마의 두 손.

그러나 이번에는 달랐다.

좀 전의 공격이 탐색하기 위한 한 수였다면, 이번에는 진실로 묵현의 목숨을 노린 공격이었다. 자연 그 기세의 기경함은 실로 대단했다.

휘둘러진 두 손을 타고 대기가 찢어지며 일렁였다.

콰광!

게다가 묵현의 재빠른 대응에도 불구하고 일어난 폭발음은 그가 온전히 공격을 흘리지 못했음을 의미했다.

쾅!

청해혈마가 펼치는 공격은 막는다고 막아질 성격의 것이 아니었다.

쾅!

도합 세 번의 충격!

결국 묵현의 신형은 그 반발을 이기지 못하고 뒤로 퉁겨졌다.

"교관님!"

순간 자리를 지키던 묵룡위들은 놀라 몸을 날리려 했다.

"그만!"

묵현은 빠르게 이를 제지하며 다시 자세를 잡았다.

"제법이야."

청해혈마는 그 모습을 보며 눈에 이채를 띠었다.

방금 공격은 쉽사리 막을 수도 없고, 막더라도 충격이 내부에까지 미치기에 간단히 이겨 낼 성질의 것이 아니었다.

이는 누구보다 시전한 자신이 더 잘 알았다.

그런데 묵현은 그 충격파를 고스란히 맞이하고도 단지 몇 걸음 뒤로 퉁겨진 것 이외에는 크게 충격을 받은 모습이 아니었다.

게다가 곧장 검을 곧추세우는 모습이 자신의 무위에 겁을 먹지도 않았다.

과연 묵광이라고 해야 할까?

흔히 미친놈이 겁이 없다고 하지만, 이 정도면 제대로 미친놈이리라.

 오랜만이었다. 이런 느낌을 맞이하는 것이.

 하긴 청해에서 감히 자신을 거역할 이가 누가 있으랴.

 저벅.

 청해혈마는 슬슬 즐거워지기 시작했다.

 상대가 대가 세니 자연 흥이 돋았다.

 "그래, 그래야 내가 몸소 나선 보람이 있지!"

 겁 없이 자신에게 이를 드러낸 녀석에게 화도 났지만 묘하게 재미가 생긴 것이다.

 하긴 지금까지 청해를 지배하며 독존했으니 심심할 만도 했다.

 물론 그렇다고 해서 묵광을 살려 둘 마음은 없었다.

 이를 드러낸 상대는 반드시 죽여야 한다.

 그래야 감히 다른 누군가가 자신에게 반항할 의지가 생기지 않는 법이다.

 청해혈마는 천천히 묵현이 있는 쪽으로 걸었다.

 낭패를 당한 묵현은 내기를 다스리면서 내심 쉽지 않겠다고 생각했다.

 서안으로 최대한 빨리 가기 위해 쉬지 않고 계속 경공을 펼친 게 문제였다.

 몸 상태가 정상이었다고 해도 쉽지 않을 상대인데, 그보다 못한 상태에서 적을 맞이한 것이다.

'제길!'

자신이 이렇게 낭패를 당한 적이 있던가?

과거 남황맹에서의 수많은 혈전에서도 언제나 여유가 있었다.

묵검으로 펼치는 묵룡검 앞에 그 어떤 적도 분쇄를 면하지 못했었다.

'큭!'

그게 독이 되었던 것일까?

아니면 묵혈위사가 되었다고 자만한 것일까?

바보 같다.

아니, 복수에 혈안이 되었다면서 안일했다.

아이들을 가르치며 잠시 마음에 틈이 생겨난 것이리라.

묵현은 곧장 전음을 날렸다.

"묵룡위는 지금 위치에서 곧 있을 암습에 대비하라!"

묵현은 다른 것은 일체 생각지 않기로 했다.

지금은 청해혈마, 그 하나만 집중해야 할 때였다.

"제법이었소."

묵현은 입가에 묻은 피를 옷으로 훔치며 검첨을 청해혈마 쪽으로 겨누었다.

"제버업? 방금 제법이라 했느냐!"

청해혈마는 이 겁 없는 놈을 어떻게 죽일까 고민하며 양

손에 마라혈강기를 집중시켰다.

우우우웅—.

그러자 마치 벌 떼가 날갯짓하는 것 같은 소리가 들렸다.

"감히! 진정 겁을 모르는 놈이구나!"

청해혈마의 손에서 피어오른 핏빛이 점차 커지며 이내 하나의 형상이 맺히기 시작했다.

그것은 절정에 이른 수강이었다!

"쳐라!"

동시에 사방에서 튀어나온 복면의 사내들, 지금까지 숨죽인 채 싸움을 지켜보던 그들이 드디어 그 독니를 드러낸 것이다.

이는 실로 절묘한 순간에 이뤄진 습격이었다.

묵현을 흔들어 놓으려는 계산된 한 수였다.

정작 묵현은 묵혈지공으로 부동의 마음을 가졌기에 그것이 통하지 않았다.

게다가 묵룡위 역시 충분한 대비를 하고 있었기에 이들의 암습이 가지는 의미는 퇴색되어 버렸다.

하나 그렇다고 해서 위험이 사라진 것은 아니었다.

암습에 나선 이들 역시 고수였고, 몇몇 절정 고수들은 몹시 위협적이었다.

그러나 저들은 알 수 없었다. 지금 이 자리에 있는 묵룡위들의 무위가 그리 단순하지 않다는 것, 그리고 암류에 대한 명백한 적개심이 어떤 결과를 낳을지는 말이다.

"시밤!"

공만구의 입에서 거친 욕이 튀어나왔다. 그리고 이어진 일격이 공간을 갈랐다.

신법에 능한 공만구이기에 가능한 쾌속의 검격!

"컥!"

제아무리 겸애와 절용을 내세우는 묵학도라도 불구대천의 원수 앞에서까지 그럴 수는 없는 법이다.

자연 묵룡위의 손속은 피를 동반하고 있었다.

고하연의 쾌검이 상대의 미간을 찌르고 검을 퉁겨 내 다른 상대를 노렸고, 고방곤의 검경이 그 뒤를 따랐다.

"컥! 컥!"

게다가 싸움의 전권에 노출된 방호선 역시 손을 놓고 있지 않았다.

상대가 자신까지 노리고 있는 이상 가만히 당할 그가 아니었다.

쾅! 쾅! 쾅! 쾅!

"이게 항룡십팔장이다!"

개방의 후개가 펼치는 항룡십팔장은 과연 명불허전이었다. 숨 한 번 들이쉬는 그 짧은 틈에 이뤄진 도합 열여덟 번의 연환 공격이 장내를 휘저으며 거대한 용을 그려 냈다.

천하쌍화, 그녀들 역시 전장을 가르며 스스로의 무위를

뽐냈다.

창천검화 남궁령.

남궁의 검은 여자라고 해서 약하지 않았다.

오히려 그녀의 손에 펼쳐진 남궁의 검학은 전장에 절대 어울리지 않을 묘한 그림을 그려 내며 상대의 피를 탐했다.

거기에 북성천화 진하은, 그녀의 손에서 펼쳐진 소수공은 하얀 그림자를 그리며 적들에게 가장 황홀한 죽음을 선사했다.

"재밌군, 재밌어!"

청해혈마가 한 번 중얼거리고는 관심을 거두었다. 어차피 저들이야 묵현만 제거하면 곧 사그라질 부나방과도 같은 신세였으니 말이다.

"그럼 이쪽도 시작해 볼까? 애송이!"

청해혈마는 두 눈을 번뜩이며 곧바로 묵현을 향해 짓쳐 들어갔다.

묵현은 그런 청해혈마를 향해 묵혈지안을 발휘하며 신형을 움직였다. 상대가 수강의 기운에 신형을 숨기리라 짐작한 한 수였다.

하나 청해혈마는 나진문과는 달랐다.

거칠기로 둘째라면 서러울 황량한 대지 청해, 그곳의 사람들은 타지보다 더 험하게 살아간다.

강하지 못하면 생존하기 어려운 그곳에서 살아남으려면

일체의 허례허식은 버려야 한다.

청해혈마는 그런 곳에서 절대지존으로 군림하는 자였다.

그런 청해혈마는 지극히 실전적인 수법을 즐겨 쓰는 무인이었다.

그러니 제아무리 묵혈지안이 사물의 본질, 즉 기의 실체를 찾아내는 부동지안이라 하더라도 이번에는 별무소용이었다.

가가각.

불꽃이 튀었다.

청해혈마의 수강과 맞선 묵검이 낭창거리며 당장이라도 부러질 것만 같았다.

그러나 묵현은 그에 신경 쓰지 않고 그대로 상대의 수강을 빗겨 쳐올렸다.

직접 맞상대가 어려울 뿐, 공격을 빗나가게 하는 일은 그리 어렵지 않았다.

빙글―.

이어 묵현의 신형이 크게 원을 그렸고, 뒤를 따라 검의 궤적이 큰 호선을 그려 냈다.

회심의 한 수가 될 수 있으리라 묵현은 생각했다.

촌음을 가르는 순간!

묵현은 그 짧은 틈새를 정확히 인지했고, 노렸다.

문제는 그와 상대하는 이가 청해혈마였다는 사실이다.

묵현이 인지한 그 틈을 청해혈마 정도 되는 무인이 모를 리가 없었다.

그는 자신의 공격을 묵현이 어긋나게 만든 순간 미리 준비하고 있었다.

역으로 이때를 노렸다고 해야 할까.

획— 획—

이미 상대는 자신의 절대 권역에 들어선 상태.

지금까지 살면서 자신의 공간에서 그 누구도 놓쳐 본 적이 없었다.

경지에 이른 무인이라면 그것은 당연한 일, 그래서 무인에게 있어 무엇보다 중요한 것이 거리요, 간극이라.

쉴 새 없이 쏟아지는 청해혈마의 수영이 현란한 궤적을 그려 냈고, 그 속에 담긴 흉폭한 독니를 드러냈다.

일촉즉발의 위기!

묵현에게 있어 생사의 기로에 선 순간이었다.

"합!"

그러나 묵현은 오히려 더더욱 깊숙이 파고들었다.

어차피 물러서기 힘들다면 남은 길은 하나밖에 없다.

분영을 이루며 쏟아지는 상대의 수강을 묵현은 한 치 차이로 몸을 틀어 피했다.

극성에 이른 묵룡보, 아니 오직 묵혈위사에게만 허락되는 묵혈지보만이 가능한 움직임이 그것을 가능케 했다.

물론 상대의 공격을 완전하게 피할 수는 없었다.

강기를 동반한 공격은, 공격 이후 생겨나는 충격파도 무시할 수 없었다.

스팟!

대기압을 이기지 못하고 실핏줄이 터졌다.

수강 이후 생겨난 날카로운 바람이 묵현의 몸 여기저기를 갈랐다.

점점이 흩뿌려지는 핏방울.

묵현은 그 공세 속에서 사력을 다해 움직였다.

일 검!

오직 일 검이면 승부는 갈린다.

묵현의 두 눈은 상대의 틈을 쫓고, 두 다리는 난마처럼 방위를 밟으며 조금씩 전진했다.

'……!'

그때 이변이 일어났다.

극성으로 발휘한 묵혈지안이 진화했다.

시계가 확장되며 급격히 시간이 느려진다.

세상과 괴리가 생겨났다.

분영을 만들며 쏟아지는 상대의 공격이 모두 한눈에 들어왔다. 심지어 다음 투로마저 기이한 빛깔의 선을 그리며 보였다.

기의 실체를 쫓는 부동지안의 다른 효용이었다.

한계를 넘어선 감각이 순간 공간을 지배했다.
"합!"
아련히 떠오르는 한 가닥 깨달음.
입에서 기합이 터졌고, 곧이어 손이 움직였다.
잘게 떨리기 시작한 손에서 하나의 진동이 이어진다.
깨달음의 순간, 그것이 그리고자 하는 하나의 움직임.
다변은 곧 무변이리니.
무수히 많은 점들이 모여 결국 이루는 하나의 선.
 그것은 상대를 향하는 최상의 길이었고, 결국 피를 동반하는 길이었다.
 애초 겸애의 정신으로 무장한 묵가의 사상에서 나왔음이라, 그 검끝에 일말의 자비는 존재했다.
 하나 그렇다고 그것이 무한정의 이해는 아니었음이다.
 슉—
 묵혈위사!
 그 태생이 지닌 지독한 자기방어, 그것은 바로 위험 요소의 말살!
 묵현이 그려 내는 검의 궤적, 그 끝은 그것에 닿아 있었다.
 상대의 공격을 빗겨 쳐 내며 치닫는 하나의 검로.
 흔들리는 검끝이 그려 낸 미학적 움직임이 이내 한 방울 피를 튕겨 냈다.

"컥!"

단발마의 소성이 울렸고, 허공을 수놓던 검의 잔영은 어느새 공간에 녹아들었다.

척.

그리고 손에 들렸던 검이 다시 되돌아와 끝을 알렸을 때, 침묵이 공간을 지배했다.

사람이 갑자기 너무 놀라면 할 말이 없어진다고 했던가.

지금이 그랬다.

"……!"

이 기함할 광경을 어찌 믿을 수 있으랴.

제 아무리 괄목상대라 한다지만 그것도 어느 정도가 있는 법이다. 지금의 광경은 그 정도의 범주를 넘어섰다.

"으, 으……."

누군가의 입에서 시작된 작은 침음은 이내 거대한 비명이 되었다.

"으아아아악!"

그리고 그것은 공간을 울리고 모든 사람의 입에서 탄식과 비명을 토해내게 만들었다.

충격의 여파는 그렇게 한동안 이어졌다.

묵현은 그런 분위기와 동떨어진 채 방금 자신이 펼친 한 수를 떠올리고 있었다.

스스로 펼쳤으나 인지하지 못함이다.

'……!'

지금도 흥분이 채 가시지 않아 잘게 떨리는 손끝의 느낌은 좀 전의 한 수가 자신의 손에 펼쳐졌음을 알려 왔지만 아직까지 실감은 나지 않았다.

그만큼 묵현 자신에게도 방금 검으로 그려 낸 그 찬란한 검로는 미지의 영역이었다.

불현듯 찾아온 한 가닥 깨달음이 낳은 기경할 결과라 해야 할까?

"후……."

길게 내쉬는 숨에서 묵현은 그 아릿함을 잠시 떠나보냈다.

지금은 그것에 연연할 때가 아니었다. 아니 그럴 여유가 없었다.

척.

오히려 이 기세를 몰아갈 필요가 있었다.

"다음!"

그래서 내뱉는 어투에는 냉막함이 묻어났다.

응시하는 두 눈에서는 불꽃이 튀었고, 날을 드러낸 검은 여전히 치명적인 날카로움을 잃지 않았다.

묵혈위사!

묵가의 무수히 많은 세월이 만들어 낸 필살의 전사.

방어에서 벗어나 유일하게 적극적인 공세를 허락받은 존

재의 위압감은 거대했다.

그 거대함 앞에, 아니 묵현의 기세에 제압당한 좌중은 더욱 움츠러들었다.

"누가 나설 건가?"

묵현은 그런 좌중을 둘러보며 다시 입을 열어 상대를 압박했다.

싸우지 않고 이기는 법이 별거 있으랴.

지금 묵현이 드러낸 신위 자체로도 충분했다.

이 한 번의 승리가 싸움의 판도를 완전히 뒤집어 버렸다. 그만큼 청해혈마의 죽음은 충격적이었다.

기세가 무너진 상대는 더 이상 두려운 존재가 아니라는 고금의 진리를 지금 상대는 보여 줬다.

방금 전까지 묵룡위와 일행들을 몰아붙이며 목숨을 노리던 그들의 검이 이 한 번의 승부에 꺾였다.

반대로 묵룡위의 검은 더욱 그 예기를 발했으니 어찌 승부가 결정되지 않을 수 있으랴.

곧장 뛰어든 묵현의 가세는 싸움에 종지부를 찍는 결정타였다.

"컥!"

일체의 망설임 없이 쏘아진 검의 궤적.

적들은 하나둘 목숨을 잃고 피를 토하며 쓰러지기 시작했다.

이윽고 한 식경이란 짧은 시간이 지났을 때, 대지 위에 서 있는 사람은 오직 묵룡위와 묵현, 그리고 천지쌍화와 방호선이 유일했다.

 장내를 가득 메웠던 암습자들은 어느 누구 하나 살아남지 못했다.

 전멸!

 상대가 삼천현의 혈사에 가담한 자들이란 것을 아는 순간, 멈출 수 없었다.

 아니 청해혈마와 맞붙은 이후에는 그럴 여유가 존재하지 않았다.

 당장이라도 쓰러질 것만 같은 몸 상태로 상대의 목숨을 취하지 않고 생포한다는 것은 쉬운 일이 아니었다.

 아니 불가능했다.

 결국 복수를 일부나마 행했다는 만족감만 마음에 담았다.

 이제 다시 길을 나서야 했다.

 아직 서안은 멀었다.

第二章

황매검(黃梅劍)

"그가 죽었답니다."
"그가?"
실로 믿기 어려운 소식이었다.
이번에야말로 가장 확실한 패를 쥐었다 생각했는데, 이번에도 아니었다.
묵광 묵현.
과거에도 자신의 앞길을 막아서더니, 참으로 끈질긴 악연이다 싶었다.
사실 삼천현의 혈사는 묵광 묵현을 제거하기 위한 포석으로 진행된 일이기도 했다.
물론 애초 그 목적이야 구류 십가의 오랜 구원이 낳은 결과지만 말이다.

구류십가(九流十家).

유가, 도가, 묵가, 법가, 음양가, 명가, 종횡가, 잡가, 농가, 그리고 소설가.

제자백가를 대표하는 열 개의 흐름.

백가쟁명이란 이름으로 춘추전국을 수놓았던 사상의 대결. 사람들은 단순히 그렇게만 알고 있다.

하나 규류십가, 그들의 싸움은 그것보다 더 치열했고, 더 끈질겼으며, 더 오랜 세월 이어지고 있었다.

수많은 암투의 역사.

회의 성립은 그 와중에 생겨난 것이다.

보다 정확히는 주류였던 유, 도, 묵, 법 네 흐름에 세가 밀려 어둠 속으로 사라졌던 나머지가 뭉쳐 힘을 모은 것이 회의 탄생이었다.

천하를 혼란에 빠트려 다시금 옛 영화를 얻는 게 회의 목적이었다.

수많은 세력이 난립하면 수많은 사상이 각각의 진영에서 꽃을 피울 수 있다.

이는 역사가 증명한 진리다.

하나 그런 회의 활동은 처음부터 암초에 부딪혔다.

묵학도, 묵가!

천하의 혼란을 막기 위한 그들의 노력은 회의 활동과 정면으로 부딪힐 수밖에 없었다.

  그 결과 수많은 회의 인원들이 묵가에 의해 제거되었고, 때때로 출현하는 묵혈위사라는 절대적인 존재는 회를 재기불능의 상황으로까지 몰아갔다.

  그때부터였다.

  회의 촉각이 항상 묵가에 닿아 있던 것은.

  그리고 이번에는 회가 먼저 그들을 쳤다.

  늘 당하던 과거와 달리 이번에야말로 지독한 악연의 사슬을 끊으려 했던 것이다. 거기에 더해 묵가 무공의 근원인 묵천혈경을 얻고자 했다.

  결과는 실패였다.

  절반의 성공.

  대다수 묵학도들은 몰살했으나 살아남은 존재들이 있었다.

  그래서 청해혈마를 불렀다.

  그라면 충분하리라고 생각했었다.

  "허! 과연이라고 해야 하나!"

  괜히 회의 선조들이 묵혈위사를 무서워하며 증오했던 게 아니었다.

  속이 쓰렸다.

  "그는 지금 어디쯤 왔지?"

  "섬서성으로 들어섰다고 합니다."

"흠, 쉽지 않겠어."
섬서로 들어선 이상 쉽사리 움직일 수 없었다.
회의 힘이 미치기는 하나 아직은 때가 아니었다.
북천!
아직 그들이 건재했다.
"그래도 뭔가 조치가 필요하지 않겠습니까?"
"음……."
고뇌의 순간이다.
"후, 매향에게 전언을 보내게. 그를 제거하라고."
결국 또 하나의 패를 꺼내 들었다.

           *   *   *

청해혈마의 죽음!
그것은 강호에 커다란 충격을 가져다주었다.
그것은 광천도 나진문의 죽음과는 또 달랐다.
청해혈마가 누구던가!
청해의 제왕으로 군림하던 절대적인 고수였다.
묵현은 청해혈마를 제거한 덕에 암류의 계략을 일정 부분 희석시킬 수 있었다.
묵광이 미쳐서 양민마저 무참히 살해한다는 오명이 이 소식에 묻혀 버린 것이다.

명분이 부족하면 당하는 곳이 무림이다.

하나 절대적인 무위 앞에서는 그 또한 무용이 되는 곳이 무림이었다.

강자존!

무림을 살아가는 데 절대적인 것은 무력과 무명이었다.

졸지에 주인이 사라진 청해성은 혼란에 휩싸였다.

사천련의 세력이 청해를 독식하기 위해 움직였고, 청해 내부의 세력은 그에 반발했다.

어디 그뿐이던가.

서장 무림의 종주 포달랍궁이 돌연 진격했고, 신강을 주름잡는 혈랑대 역시 그들의 혈랑을 청해로 파견했다.

나름 평온했던 청해성은 날벼락처럼 터진 이번 일로 졸지에 수많은 세력들의 각축장이 되어 버린 것이다.

부가적으로 묵광 묵현의 위명이 크게 날리기 시작한 것은 당연한 일이었다.

이 일은 삼천현 혈사의 주역들에게 묵천혈경에 관한 탐욕을 더욱 커지게 만드는 계기가 되었다.

또 직접적으로 호북성의 경계를 넘어 섬서성으로 들어선 묵현 일행으로 인해 섬서 전체가 술렁이기 시작했다.

오죽하면 사람들이 서넛만 모이면 하루 종일 그에 관한 이야기로 술안주를 대신할 정도였다.

이는 묵현, 그가 과거에 남황맹에서 활약하던 당시와는

또 다른 열기였다.

손속이 무정하여 지닌바 무위에 비해 그 평가가 절하당했던 과거와는 완전히 반대라 할 수 있었다.

사람들은 새로운 강자에게 뜨거운 관심을 보냈다.

덕분에 섬서로 들어서고 나서의 묵현 일행들의 움직임은 한결 수월해졌다.

이미 사람들의 이목이 집중된 이상, 상대도 경거망동치 못하리라 생각한 묵현이 마차를 빌린 시기도 이때였다.

두두두두—

달리는 마차 안, 지난날의 고단함을 이기지 못한 진하은과 남궁령은 어느새 곤히 곯아떨어졌다. 그리고 나머지 묵룡위도 다들 잠을 청하고 있었다.

오직 묵현만이 혼자 밖의 풍경을 보며 애타는 마음을 달랬다.

관성과 공형, 그 둘을 서안에 보낸 것이 자신이기 때문에 더욱 걱정을 떨쳐 낼 수 없었다.

'살아만 있어라.'

죽지만 않으면 된다.

그럼 그들의 복수는 자신이 할 것이다.

묵혈위사란 그런 존재다.

수많은 희생에 덧칠되어 버린 통곡의 묵가, 그 비운의 역사 속에서 생겨 낸 자구책.

과거에도 수많은 위기가 묵가와 함께했다.

권력을 지닌 위정자들에게 배척받고, 전쟁을 막기 위해 몸을 던졌다.

그게 싫어 벗어나려 했던 적도 있다.

자신의 아버지처럼 살고 싶지 않았다.

하나 미워서 그랬던 것이 아니다.

누구보다 소중한 가족이기에 그 답답함을 토로하기 위해 벗어나려 했던 것이지, 사랑하지 않아서가 아니었다.

그런데 그 모든 것이 사라진 묵현에게 살아남은 사람들은 그의 전부였다.

그랬기에 시간이 흐를수록 점점 피가 말랐다.

촌각을 다투며 행보를 이어가고 있었지만 서안은 멀고도 멀었다.

단지 이렇게 참을 수밖에 없는 자신의 처지가 답답했다.

제아무리 고절한 경공이 있더라도, 순간 거리를 뛰어넘어 서안에 도착할 방도는 없었다.

묵현은 괴롭고 답답한 심사를 벗어던지기 위해 묵혈지공으로 내부를 다스리려 노력했다.

절대 부동심.

그 흔들리지 않는 마음의 공부가 아니었다면 지금의 이

런 초조한 심정을 참아 내지 못했을 것이다.

 내공의 심법과는 다른 마음의 다스림.

 묵가의 무공에서 발원했으나 그 성격은 전혀 달랐다.

 하나 결국 그 끝은 다시금 묵가의 근원으로 뻗어 나가고 있었다.

 겸애와 절용.

 두 가지 화두.

 묵학도의 청빈함이란 절용에서 비롯되었으며, 그들의 순박함은 겸애가 만개한 모습이다.

 묵광 묵현에게 그런 모습이 있다고 감히 누가 상상할 수 있을까마는 분명 묵혈지공, 그 끝은 그것에 닿아 있었다. 그랬기에 강렬한 투기와 살기가 한순간에 잠잠해질 수 있음이다.

 "하아……."

 묵혈지공의 수련 끝에 토해지는 한 가닥 숨결에 그간의 심란한 심사를 토해 내며 묵현의 얼굴이 평안해진 것도 그런 이치였다.

 그제야 용기가 생겼던 것인지 곤히 자고 있는 줄 알았던 진하은이 슬그머니 눈을 떠 묵현을 바라봤다.

 "괜찮아요?"

 묵현은 그런 진하은의 속 깊은 배려에 무뚝뚝하지만 나직하게나마 대답했다.

"걱정하지 마라. 괜찮다."
'피, 진짜 너무해.'
얼마나 마음 졸이며 보고만 있었던가.
참으로 멋이라고는 쥐뿔도 없는 사람이다.
"그런데……."
그래도 어쩌겠는가.
묵현의 매력이 저 무뚝뚝함이었으니.
자신은 안다.
묵현이 얼마나 세심하고 잔정이 많은지를.
냉혈한이라 오해하기도 했지만 그것이 진실이 아님을 누구보다 자신이 잘 안다.
"그때 그 한 수도 묵가의 무공인가요?"
이럴 때는 자신도 어쩔 수 없는 무인이다.
애써 묻는 게 이런 것이라니.
"글쎄? 모르겠다. 그것이 묵룡검인지 아닌지."
묵현 역시 그때의 아릿한 기억만 간직하고 있을 뿐 아직 그것을 제대로 수습하지 못했다.
그만큼 깨달음은 순식간에 찾아왔고 또 사라졌다.
"예?"
"아직 채득하지 못했으니 더 대답할 말이 없구나."
진하은은 볼을 빵빵하게 부풀리며 불만을 표했다.
피식.

그 모습이 어찌나 귀여웠던지 묵현의 얼굴에 슬며시 미소가 걸렸다.

 부스럭.

 그러다 이내 다시 원래의 표정으로 급하게 바꿨다.

 "험험."

 잠자고 있던 척을 한 게 진하은만이 아니었던 것이다.

 어느새 다들 슬그머니 잠에서 깬 채 눈을 뜰 시기만 보고 있었다.

 그런 그들의 행동을 보며 슬며시 묵현의 얼굴에 비틀린 미소가 걸렸다.

 뭔가 짓궂은 생각이 떠올랐다는 표정이었다.

 "묵룡위!"

 기왕지사 일이 이렇게 된 것, 묵룡위를 한 번 굴려 주기로 마음먹었다.

 "전원 마차 밖에 산개한 채 진형을 유지해라!"

 묵현의 외침과 함께 묵룡위들의 얼굴이 잔뜩 일그러졌다.

 달리는 마차 밖에서 진형을 유지한다는 것이 무엇을 의미하는지 너무도 잘 알기 때문이다.

 '제길!'

 다들 눈앞이 깜깜해졌다.

 하나 감히 반항은 꿈도 못 꾸니 어쩔 수 없었다.

"하아."

누군가의 입에서 한숨이 새어 나왔고 이내 다들 마차 문을 열고 밖으로 뛰어나갔다.

"어머!"

때를 같이해 남궁령이 아무것도 모른다는 표정으로 두 눈을 동그랗게 떴다.

그러나 내심은 달랐다.

'흥! 여우 같은 것!'

같이 생사의 위기를 겪었으니 친해질 법도 한데, 남궁령은 진하은을 남몰래 노려볼 뿐이다.

이래서 여자의 적은 여자라고 하는 것이리라.

묵현은 그런 둘의 묘한 기 싸움을 피해 묵룡위의 뒤를 따라 마차 밖으로 신형을 날렸다.

진하은은 간만에 묵현과 둘이 오붓하게 이야기하나 했더니 초를 친 묵룡위나 남궁령이 너무도 미웠다.

얼마나 미웠던지 그녀 역시 남궁령을 쏘아봤다.

*   *   *

화산.

중원 오악 중 서악.

섬서 화음현에 위치해 있으며 도가의 맥이 도도히 흐르

니 가히 신선이 노닐던 곳이라.

선인봉과 연화봉, 그리고 낙안봉이 한데 모여 그 비경을 이루니 어찌 절경이라 하지 않으랴.

그 중 운대, 공주, 옥녀 이 세 작은 봉우리들이 어울려 시립하니 바로 그곳이 연화봉이요 중원 무학의 검종인 화산파가 이곳에서 발원했다.

한때 화산의 검이 천하의 중심이었던 적이 있을 정도로 화산파의 검학의 고절함을 이루 말할 수 없다.

고고한 매화의 향기를 품에 안은 절대 검학!

그리고 협의를 가슴에 품었던 절정의 매화검수들.

화산은 그런 곳이다.

화산파의 건물 대다수는 연화봉 정상에 위치한 옥녀지를 끼고 상궁에 위치해 있었다.

그런데 한 마리 야조가 창공을 가르며 향하는 곳은 그곳과 달랐다.

발목에 매달린 전서는 분명 누군가에게 전해지기 위해서일진데 그 행로는 연화봉에서 한참을 벗어난, 화산을 이루는 세 봉우리 중 한곳인 낙안봉이었다.

푸드득.

그리고 사람이 드물다고 알려진 낙안봉 정상에는 초막 하나가 지어져 있었다.

새는 이곳이 목적지였던 것이다.

이곳은 화산이 배출했으나 화산에서 잊힌 검사, 황매검 유철산의 거처였다.

 "흐음."

 황매검 유철산은 자신에게 날아온 전서를 받으며 미간을 찌푸렸다.

 반갑지 않은 연락이었다.

 본래 유철산은 뭔가에 얽매이기 싫어했다.

 오죽하면 화산파에서 구속받을 것 같아 스스로의 무위를 내보이지 않았던 이가 바로 유철산이다.

 그랬으니 화산에서도 그를 놓아주었던 것이지 그렇지 않았다면 지금쯤 연화봉에서 연일 시달렸을 것이다.

 게다가 한참 무위를 낮췄음에도 불구하고 낭중지추라, 그를 경험한 이들이 스스로 그를 높여 부르니 그 별호가 바로 황매검이었다.

 황매(黃梅).

 익어서 누렇게 변한 매실.

 유철산의 손에서 만개한 이십사수 매화검의 완숙함을 그리 표현한 것이다.

 그 완숙함이 펼쳐 내는 고절한 검학의 독특한 매향을 한 번이라도 맡아 본 이는 결코 잊지 못하리니.

 세인들이 말하기를 천하에 검으로 일어선 거인이 단 셋이라 한다.

그러나 유철산을 아는 이는 만약 그가 세상에 진면목을 드러내면 넷이 될 것이라 했다.

하나 유철산은 그러지 않았다.

아니 오히려 스스로를 감추고 은거해 버렸다.

세파의 번잡함에서 벗어나 진정한 검학을 완성하기 위한 결정이었다.

그만큼 유철산은 뭔가에 매이거나 얽히기를 늘 경계해 왔다.

결과적으로 그런 성향 덕에 화산에서 잊힌 절대 검사가 바로 유철산이었다.

만약 유철산의 성향이 달랐다면 화산의 성세 역시 크게 달라졌을 것이다.

그런 그가 모든 것은 다 끊어 냈지만 아직 차마 끊어 내지 못한 것이 있으니 그게 바로 회와의 인연이었다.

매향(梅香).

몇몇 지인을 제외하고 유일하게 강호에서 유철산의 무위를 제대로 알고 있는 회가 그에게 붙인 별칭이 바로 매향이었다.

매화 향기가 무엇을 뜻하겠는가. 그것이야말로 화산 검학의 정수를 의미하는 것이었으니, 그만큼 유철산의 검학이 고절하다는 의미였다.

그랬기에 회에서는 과감히 그를 지명한 것이겠지만 유철

산의 입장에서는 그간의 평온이 깨져 버리는 일이었다.
"하아……."
거절하고 싶었다.
누대를 이어 온 가문의 업만 아니면 그러고 싶었다.
아니 가문의 수많은 원(怨)을 잊을 수만 있다면 그랬으리라.
하나 어찌 사람이 되어 그럴 수 있으랴.
회에서 자신에게 피를 내라 한다.
그것이 못마땅했지만 외면하지 못했다.
상대가 다름 아닌 묵가였기 때문이다.
다른 것은 몰라도 묵가의 목숨을 앗는 일에는 유철산 스스로도 거절하기 어려웠다.
가문이, 그의 아비가 무엇 때문에 죽었던가.
묵가, 묵혈위사, 그리고 묵룡위.
유철산의 가문에 쌓인 혈채가 이들 이름 위에 있었다.
유철산 그도 안다.
아니 가문의 혈채를 잊지 않았기에 화산에서 스스로 몸을 낮춘 것이 아니던가.
이제 그때가 찾아온 것인데, 그간의 수양이 그를 쉽게 움직이지 못하게 했다.
어느새 도가의 가르침에 잔뜩 물이 들어 있었다.
"이것도 운명이겠지."

하나 이내 그것을 떨쳐 냈다.
육십 평생 이날을 위해 검을 갈고닦지 않았던가.
유철산은 오랫동안 쓰지 않던 검을 들었다.
매화검.
어릴 적 검을 익히며 처음 손에 잡았던 그 검.
낡고 낡은 청강검이었으나 유철산에게 그것은 중요치 않다.
스르릉.
마음을 닦고 검을 익히며 언제나 갈고닦은 이 검 하나면 족했다.
청명한 소리와 함께 오랫동안 함께해 온 주인의 부름을 받아 그 모습을 드러낸 투박한 검신이 빛을 반사했다.
"화산이여, 나를 용서하소서."
유철산은 이 길로 화산과 그 연을 끊으리라 마음먹었다.
청정한 도가의 성지에 복수와 피로 점철된 검사가 머물 곳은 없다.
개인의 사욕으로 어찌 청정을 더럽히랴.
유철산은 가는 길에 마지막으로 사문의 조사들이 모셔진 연화봉을 향해 길게 읍했다.
그리고 천천히 검을 움직이기 시작했다.
그것은 마치 하나의 탄금과도 같았다.

찬란히 빛나는 화산 무학의 정수!

그간 유철산이 하나의 심득을 갈고닦으며 이룩한 성과를 통해 허공에 매화를 그려 내기 시작했다.

하나, 둘, 셋…….

어느새 그려 낸 매화가 사방을 점하고 그 알싸한 향을 깊게 풍겨 내기 시작하니, 유철산의 입에서 한 줄기 가락이 흘러나온다.

매화낙락(梅花落落).
검이 좋고 검에 취해 산과 함께 살았다.
향기를 가슴에 품고 화산의 정신을 검에 녹여 내니.
검에서 뿜어지던 향기가 이내 마음을 채우고
매화가 떨어지는 순간 하나의 삶이 그 끝을 고하는구나.

시대가 기억하지 못했던, 세상이 알지 못했던 한 절대 검수의 절학이 그렇게 홀연히 그림을 그려 낸다.

오직 사문의 은혜를 이것으로 갈음하고자 유철산은 혼신을 다해 검을 하나하나 놀렸다.

그리고…….

둥!

장엄하게 울려 퍼지는 거대한 고동!

바로 이것이야말로 완연히 익어 그 진한 향기를 뿜어내

는 황매의 힘이었으니.

바닥에 파인 복잡하면서도 황홀한 선들의 집합.

"후."

바로 이것이 후일 화산의 절학으로 대대로 내려올 황매검, 그것의 시작이었다.

유철산은 마지막 한 수가 끝난 순간, 자신의 매화검을 그대로 바닥에 깊게 박았다.

이것으로 끝났다.

유철산 그와 화산의 인연은.

이제부터는 매향, 회가 불렀으며 복수를 위해 일어선 한 검수만이 존재할 뿐.

터덜터덜.

유철산은 힘없이 낙안봉을 내려와 곧바로 서안으로 발길을 움직였다.

묵광 묵현.

남은 것은 그와의 승부다.

*   *   *

본의가 아니라 타의로 마차와 함께 달리게 된 묵룡위들은 하나같이 똥 씹은 표정이었다.

"아, 씨박!"

공만구는 신법이 빠르다는 이유로 선두에서 진형의 첨병을 맡았다.

 그러다 보니 자연스레 더 뛰어야 했기에 그 불만은 이루 말할 수가 없었다.

 아닌 밤중에 홍두깨라고 대체 이게 무슨 짓인가!

 "그, 그러게 내, 내가 자, 자자고 했, 했자나."

 고방곤이 그런 공만구의 좌측에서 뛰며 나름 달래려 했지만 오히려 화를 더 돋웠다.

 "아, 진짜! 야 너 그냥 전음으로 말해!"

 짜증스런 대답에 고방곤은 입을 다물었다.

 말 더듬는 게 어디 화낼 일인가.

 안 되는 것을 어쩌란 말인지.

 "그만 해! 왜 엄한 사람한테 화풀이야!"

 그런 고방곤을 공선화가 편들었다.

 "둘 다 조용."

 공만구가 막 뭐라 하려 하자 고하연이 중간에 끼어들었다. 차갑게 내려앉은 그녀의 목소리에 공만구도 감히 뭐라 말 못 하고 입을 닫았다.

 사실 다른 이라고 안 억울하겠는가. 그냥 잠을 자려고 해도 잠이 안 와서 그랬던 것 아닌가.

 그래도 나름 모른 척하려고 얼마나 애를 썼냔 말이다.

 오죽하면 고정방의 얼굴에도 불만이 서려 있었다.

뭐 그런다고 신경 쓸 묵현이 아니었지만 말이다.

그렇게 투덕거리다 공만구는 괜히 눈이 마주친 방호선에게 신경질을 냈다.

"야 이 거지새끼야! 뭘 쳐다봐! 확!"

이번에는 고하연도 참견하지 않았다.

오히려 그녀 역시 가만히 눈살을 찌푸리며 방호선을 압박했다.

그런 묵룡위들의 반응에 억울한 사람은 방호선이었다.

대체 자신이 무슨 잘못을 했는가.

다들 격전을 치러 피곤함을 알고 자신이 스스로 양보해 마차를 몰지 않았던가.

남들 다 자고 남들 다 쉴 때 일한 사람이 누군데 이런단 말인가.

아닌 말로 자신이 개방의 후개요, 길을 잘 안다는 점만 아니었으면 자신도 푹 쉬고 싶었다.

그런 자신에게 고마워하지는 못할 망정 자기들이 잘못해서 벌 받게 되었으면서 어디서 화풀이를 하냔 말이다.

마음 같아서는 확 한바탕 뭐라 쏘아붙이고 싶었지만 꾹 참았다.

괜히 법보다 주먹이 가깝던가.

더러워서 참는다.

만약 자신의 무위가 조금만 더 높았어도 오늘 장사 치렀을 건데 현실이 시궁창이니 어쩔 수 없다.

'내 더러워서 반드시 강해지고 만다! 으드득.'

속으로 화를 달래며 이만 갈 뿐이다.

그런데 그런 방호선의 억울함을 하늘이 알았는지 이변이 생겼다.

정확히는 묵현이 마차 지붕 위로 훌쩍 올라섰다.

방호선도 이제 묵현이 얼마나 악랄한지 잘 알고 있었다.

특히나 이런 경우 쉽게 넘어가지 않으리라.

그러니 자는 척하던 이들을 깨워 이렇게 마차와 같이 달리게 만들었지, 아니면 아마 그냥 넘어갔을 것이다.

예상대로 묵현은 곧바로 묵룡위들을 향해 비틀린 웃음을 내보였다.

"아직 할 만한가 보구나."

"아, 아닙니다!"

순간 묵룡위들의 몸이 굳어지며 표정이 일그러졌다.

으스스한 느낌이 단지 착각만은 아니니라.

과거의 잊고 싶던 기억이 다시금 떠올랐다.

'망했다!'

묵현의 반응을 보건데 쉽게 끝나지 않으리라. 아니 그냥 쉽게도 아니고 목숨을 위협하는 일이 곧 생길 게 뻔했다.

그것도 다 수련이라는 이름을 방자한 고문을 동반한 채

말이다. 방금 전까지 수월하던 호흡이 흔들리고 등에는 식은땀이 흘렀다.

묵룡 사조에게 있어 천지에서 가장 두려운 것이 무엇이냐 묻는다면 그들이 입에서 나올 대답은 하나였다.

그것은 바로 묵현과의 수련.

피도 눈물도 없던 묵현의 수련 방식은 아무리 익숙해지려고 노력해도 익숙해질 수 있는 게 아니었다.

무엇을 하건 항상 상상 그 이상을 보여 주는 게 묵현의 방식이다.

피할 수 없으면 즐겨라?

개풀 뜯어먹는 소리!

직접 당하지 않으면 절대 그 속사정을 모르는 법이다.

오죽하면 묵룡 사조가 바닥에서 정상으로 치고 올라갔을까.

이들 묵룡 사조가 느끼는 두려움은 당연한 것이었다.

천적을 앞에 둔 심정이랄까.

그런데 그런 묵룡 사조도 감히 예상치 못한 게 있었으니 본래 지금이 아니더라도 언젠가는 꼭 받았을 수련이라는 것이다.

몇 번의 대전을 지켜보며 내심 생각해 두었던 것을 조금 시기를 앞당겨 지금 하게 되었다는 것 말고는 없었다.

묵현이 보기에 묵룡 사조는 아직 덜 여물었다.

부족함이 눈에 보이는데 어찌 그냥 지나가겠는가.

오히려 부족함을 채워 주는 것이야말로 진정한 교관의 책무.

'유기적이지 못하다.'

남들 눈에는 꽉 짜인 것 같은 능수능란한 진형이었지만 묵현의 눈에는 허점이 너무도 많이 보였다.

그래서 생각한 것이 진법의 수련이다.

진법에는 크게 두 종류가 있다.

흔히 강호의 사람들이 생각하는 제갈가의 진법과 군문의 진이다.

음양가가 주창하길 천체의 운행이나 사계절의 변화와 같이 자연현상의 법칙을 깨닫고 이를 제대로 이용해야 복을 얻을 수 있다고 하였다.

이런 음양가의 사상을 토대로 종횡가로 이름을 날렸던 초 나라의 유명한 학자 귀곡자에게서 발원된 기문지학을 이어 하나의 학문을 만드니 바로 이것이 기문진식, 즉 제갈가의 진법이다.

그리고 이와 태생이 다른 하나의 진, 즉 병진은 병가로 이름을 날렸던 손자의 책략을 바탕으로 만들어진, 사람과 사람의 유기적 움직임을 극대화하기 위한 일종의 형이라 할 수 있다.

그리고 지금 묵현이 생각하는 진법의 수련은 바로 이 병진이었다.

유기적인 흐름을 통해 하나의 힘으로 극대화하는 수법.

지금까지 묵룡위가 강호에서 그 이름을 날렸던 근원적인 힘은 바로 여기에 있다.

수성의 대가!

과거 전국시대 묵학자를 이르는 말이다.

그만큼 묵가도 다른 종횡가나 음양가에 전혀 부족하지 않을 만큼 진법에 조예가 깊었다.

게다가 누대를 거쳐 오며 보다 효율적인 진식으로 계량 발전되어 온 지금의 묵룡위가 행하는 진법은 완성된 상태라 봐야 했다.

물론 그 지닌바 성격이 수성, 즉 무엇을 지키는 데 국한되어 발전했지만 말이다.

그랬기에 묵룡위가 진법에 약하다는 것은 문제가 있다.

아니 충분히 문제가 될 이야기다.

세상 몇 없을 훌륭한 진식을 두고 그것을 제대로 익히지 못한 것은, 그것을 이루는 사람들의 문제라 봐야 한다.

치밀하고 유기적인 흐름은 만들어져 있다. 게다가 꽉 짜인 움직임 역시 누대에 걸쳐 연구되고 개선된 상태다.

그런데도 완벽하게 익히지 못하는 게 이상하지 않은가.

애초 묵학도의 관념에서 탄생된 묵룡위의 진에서 가장

중요한 것이 무엇이던가.

 묵현이 생각하길, 그것은 바로 쉽게 흔들리지 않을 마음과 체력이다.

 진의 완성도는 바로 이것에 기초한다.

 진을 이루는 각 구성원이 탄탄하다면 그 진은 쉽게 뚫리지 않는다.

 그렇다면 쉽게 흔들리지 않을 마음과 체력은 어떻게 만들어지는가.

 묵현은 이를 인내라 생각했다.

 지극한 인내야말로 흔들림이 없다.

 극한의 고통을 이겨 낸 이에게 가벼운 흔들림이 어찌 큰 부담이 될까.

 스스로 청빈한 삶을 감내하는 묵가의 사상.

 이미 인내는 거기서부터 시작된다.

 게다가 때로 호위를 하다 보면 이렇게 마차에 타지 못하고 지근거리에서 지켜야 할 때도 있다.

 그런 여러 부분을 고려할 때 묵현이 생각해 낸 최상의 수련은 별거 없었다.

 죽을 것같이 달리고, 죽일 듯이 휘두르며, 죽는 순간이 와도 진형은 유지한다.

 어찌 보면 지극히 단순해 보이지만, 그 말에 담겨진 의미는 당하는 사람에게 있어 절대 단순치 않았다.

이를 그대로 행한다는 것은 저승에 발을 반쯤 걸친 상태가 되어야만 가능한 이야기다.

하나 시위는 묵현의 손을 떠났다.

그리고 묵룡위들의 운명 역시 결정되었다.

다시금 지옥의 재래였다.

묵현이 묵룡위들에게 먼저 요구한 것은 죽을 것처럼 달리는 일이었다.

달리는 마차와 속도를 같이해 쉬지 않고 달리는 것이다.

사실 내공의 힘이면 충분히 가능하다 할 수 있다.

하지만 묵현이 원한 것은 그것이 아니었다.

"전원 내기의 사용을 금한다!"

그랬다.

내력이 없이 순수한 근력만을 가지고 달려야만 했다.

문제는 그것이었다.

공만구의 재빠른 신법도, 고방곤의 유연한 신체도 다 내력이 받침이 되었기에 그 빛을 발했던 것이다. 단지 순수한 육체만 따진다면 크게 두드러질 수준은 아니었다.

공선화도 그렇고 여기에는 고하연도 빗겨 갈 수 없다.

순수한 육체의 단련.

무인이라면 누구나 행하는 기본적인 수련이기는 하다. 하나 내공을 익히고 쌓아 감에 따라 사실 초식의 이해나 그

정교함에 중점을 둘지언정 육체의 수련을 과도하게 하는 경우는 사라진다.

거기다 여인들 같은 경우 더더욱 육체적 수련은 피한다. 과도한 근육이 생겨 외모를 망치기 때문이다.

묵현이 원한 것은 지금 그것과 정면으로 배치되는 일이었다.

묵현의 수련이 시작되고, 그나마 버티고 있는 것은 고정방이다.

그나마 체격 조건이 제일 좋았기에 근력 역시 평균 이상이었다. 그러니 어찌어찌 버티고 있지 나머지는 아주 죽을 맛이었다.

당장이라도 포기하고만 싶었다.

하나 그것도 여의치 않았다.

"뒤처지면 알아서 해라."

마차 지붕 위에서 뛰어내린 묵현이 뒤에서 역시 순수 근력으로 달리며 검을 뽑았기 때문이다.

그러니 어쩌겠는가, 달리는 수밖에.

"아, 시박! 학, 학."

땀으로 범벅된 몰골을 한 채 공만구는 연신 입으로 욕을 뱉었다. 그렇게 하지 않고서는 버틸 수가 없었다.

이미 하늘은 노랗다 못해 점점 어두워져 간다.

지금 자신이 달리는지, 아니면 세상이 뒤로 밀려 나가는지 분간도 되지 않는다.

달리고 달린다.

하나의 일념만 존재할 뿐이다.

한계? 포기?

그런 단어들은 머리에서 지웠다.

당장이라도 들이닥칠 것같이 서슬 퍼런 묵현의 기세가 그리 만들었다.

묵현은 그런 묵룡위들의 뒤를 쫓으며 생각보다 잘 버티는 모습에 내심 흐뭇했다.

사실 이 수련의 중점 사항은 극한의 한계를 뛰어넘을 수 있는 정신력의 배양이었다.

나머지는 그것에 비하면 별문제가 아니다.

어차피 쉴 새 없이 뛰고 뛰다 보면 육체를 이루는 근육이 버티기 어려운 고비가 생긴다.

여기서 일반인과 무인의 반응이 갈린다. 일반인이야 대부분 특별한 경우가 아니면 이 고비를 넘어가는 것 자체가 무리다.

하나 무인은 다르다. 그들이 미처 인지하지 못할지 모르나 기공을 수련한 무인의 신체는 기를 머금고 있다.

평소라면 존재를 감지하기 어려운 이 기가 고비가 오면 신체를 보호하기 위해 저절로 발현되기 시작한다.

묵현이 원하는 것도 바로 이 순간이다.

이때가 되면 발현되는 기로 인해 세맥이 단단해지고 몸 안에 근기가 생겨난다.

근기(根氣).

이는 지극한 인내의 달콤한 열매 중 하나라 할 수 있다.

끈끈히 이어지는 진기의 흐름.

사실 대다수 무인들이 존재 자체를 모르는 기운이기도 하다.

그것은 경지에 이른 무인이라면 한계를 넘어설 정도로 육체의 수련을 하지 않기 때문이다.

'흠.'

묵현은 어느새 고비를 넘어서며 점점 안색이 정상으로 돌아오는 묵룡위를 보며 드디어 이들에게도 근기가 생겨나기 시작했음을 알 수 있었다.

달리기를 통해 얻을 수 있는 것은 이 정도가 전부다.

그러니 더 괴롭힐 것이 아니라면 슬슬 다음 단계로 넘어가는 게 맞다.

"다음!"

과감한 묵현의 외침이었다.

그것은 아직 고난이 끝나지 않았음을 알리는 사신의 목소리였다.

"허억!"

관천수의 얼굴이 하얗게 질렸다.

"제, 젠장!"

순후하던 고정방의 입에서마저 욕설이 튀어나왔다.

"에이 씨박!"

예의 공만구의 괴성이 울려 퍼졌다.

"학학."

평소 부동심을 유지하던 고하연마저 울 것 같은 표정을 짓게 되었다.

하나 묵현은 그런 묵룡위들의 반응에 전혀 미동도 하지 않았다.

오히려 다음 수련으로 넘어가기를 더욱 종용했다.

무엇이든 박차를 가할 때는 멈추지 않는 법이 좋다.

'아, 운성이가 부럽다!'

결국 묵룡위들은 머릿속으로 이 자리에 없는 묵운성을 부러워하며 그들의 검을 들었다.

"하나!"

이어진 묵현의 구령.

"하나!"

묵룡위의 표정은 그에 따라 극도로 암울해져만 갔다.

죽을상이 어떤 모습인지 확연히 알 수 있는 표정들이었다.

죽일 듯이 검을 휘두른다는 것의 의미가 무엇인지 너무도 잘 알았기 때문이다.

일 검에 상대를 죽이겠다고 다짐하려면 필살의 의지로 혼신을 다해야 한다.

사실 말이 혼신을 다한다는 것이고, 그것도 한두 번이지, 매번 그럴 수는 없다.

내력의 수발이 자유로운 무인도 불가능한 일이다.

힘의 배분이란 게 있는 것이다.

제아무리 대단한 무인도 내력이 무궁무진하지 않다.

그런데 묵현이 원한 것은 매 순간 최선을 다한 검초였다.

이를 온전히 지키려면 힘이 완전히 고갈된 순간에도 한계에 한계를 거듭해야만 한다는 것을 여기 있는 묵룡위 전원은 너무도 잘 알고 있었다.

구령에 맞춰 검을 중단까지 내려 베는 지극히 단순한 동작.

사실 한두 번이면 무척이나 쉬울 동작이건만 횟수가 거듭되어 가면서 남는 것은 독기요 악이다.

팔이 부들부들 떨리며 온몸이 땀으로 범벅이 되었다.

단순히 검만 휘두르는 것도 아니고, 달리면서 이를 행하고 있자니 오히려 달리기만 했던 그때로 돌아가고 싶을 정도였다.

"하나!"

구령은 이어지고 검은 다시 들려 베어진다.

훙—

그러다 들린 둔탁한 소리.

"집중하라! 검은 기본적으로 예기를 지니고 있다. 예기로 바람의 결을 갈라라!"

어김 없이 묵현의 호통이 터졌다.

묵룡위는 다시 이를 악물고 젖 먹던 힘까지 짜내야만 했다.

쳇바퀴처럼 이어지는 묵현의 구령과 묵룡위의 수련.

"헉!"

방호선은 그 장면을 지켜보며 고소하다는 생각을 못 하게 되었다.

그만큼 묵룡위가 펼치는 수련의 강도는 사람을 몇 잡고도 남을 정도로 가혹했다.

오죽하면 동정심이 생길 정도였다.

그러나 수련은 아직 끝나지 않았다.

이제 겨우 오 부 능선을 넘어섰을 뿐.

그렇게 서안으로 향하는 동안 묵룡위는 점차 담금질되어 갔다.

최강의 방패이자 창으로.

第三章

비림(碑林)

호천묵가.

묵학도의 수장인 거자로 활약해 온 이들 가문은 지닌바 재능이 많은 가문이다.

오랜 세월 묵학도의 중심을 자처했다는 것만으로도 능히 이 가문의 역량을 살필 수 있다.

이 가문은 대부분 무재가 능한 이를 많이 배출해 왔다. 병략과 수성의 귀재로 이름난 묵가지만 그래도 개개인의 무력 역시 중시된바, 호천묵가의 무인은 언제나 앞에서 적을 맞아 싸우고 싸워 왔다.

그런데 당대에 이르러 그런 호천묵가에 변화가 생겼다.

주인공은 묵현의 유일한 형제 묵완이었다.

흔히 천재를 가리킬 때 하는 말로 문일지십이라고 한다. 그런데 묵완은 그런 문일지십을 뛰어넘어 문일지백은 충분히 되고도 남을 정도로 뛰어난 문재를 지니고 있었다.

오죽하면 오랜 세월 묵가와 대립각을 세워 왔던 유림의 거두 숭양서원에서 발 벗고 그를 지원할까.

이번 일도 그랬다.

세가회에게 개최한 대흥연에 묵완이 참여한 것이다.

본래 유림의 거두인 숭양서원에서는 이런 세속적인 행사에 학사를 지원시키는 것 자체를 금했었다.

그런데 이번에는 전폭적인 지원을 아끼지 않았다.

문웅전의 장원.

그렇게 얻어진 영광이다.

게다가 양부는 묵완의 호적을 바꾸고 자신의 성을 내려 양완으로 신분마저 세탁했다.

이 모든 게 묵완의 의지였다.

삼천현의 혈사.

심약하던 아이를 냉철한 청년으로 변화시키는 데에는 그리 많은 시간이 필요치 않았다.

친인의 죽음과 살아오던 고향의 변고.

그것은 잊을 수 없는 충격이었다.

누구에게나 탈각의 시기는 있다.

어른이 된다는 것은 그런 의미다.

소심하고 내성적이던 묵완 역시 그 과정을 거쳤다.

양부는 묵완의 달라지는 모습을 지켜보며 노심초사했다.

묵완이 빠르게 성장하는 모습이 양부에게는 늘그막에 찾아온 기쁨이자 삶의 전부가 되었기에 더더욱 그러했다.

눈에 넣어도 아깝지 않을 딸자식이 묵가에게 시집간다고 했을 때 노성을 지르며 반대했었다.

그렇게 잃은 딸아이가 보내온 보물.

부모 먼저 간 불효막심한 딸이 자신에게 맡긴 이 소중한 존재가 엇나갈까 며칠을 끙끙 앓았다.

그런데 그런 묵완이 자신을 찾아와 강해지고 싶다 했을 때 얼마나 기뻐했던가.

유림(儒林).

세상을 지배하는 거대한 흐름.

숭양서원은 그 흐름의 종주라 할 수 있는 곳이다.

게다가 자신이 누구던가.

그 숭양서원을 좌지우지하는 원주가 아니던가.

눈에 넣어도 아프지 않을 외손자가 원하는 일인데 무엇인들 못 해 주랴.

조정에도 압박을 넣어 미리 정보를 얻기까지 했다.

"하아……."

그런데 그런 소중한 존재가 집을 떠난 지 며칠 지나지도 않은 것 같은데 왜 이리 마음이 허전한 것인지.

비림(碑林) 77

양부는 지독한 상실감에 몸서리쳤다.

그 모습이 염려되었던 것인지 평소 양부를 모시던 소현이 조심스레 뭔가를 들고 찾아왔다.

"원주님."

"끙, 무슨 일인가?"

"소주에 관한 소식입니다."

흠칫!

순간 양부의 얼굴에 화색이 돌았다.

그러다 혹시나 하는 마음에 또다시 얼굴이 어두워진다.

참으로 천변만화하는 것이 사람의 마음이라지만 양부의 얼굴색 변화는 그야말로 찰나간이었다.

"무슨, 무슨 일이라도 생겼는가? 응? 말해 보게!"

"아, 아닙니다."

그제야 양부는 다시 차분해졌다.

지금 양부의 모습을 본다면 누가 위대한 거유라 할까.

"그럼?"

"아, 이번에 세가회에서 일을 보다가 안부차 서신을 보냈다 합니다."

"하면 서신은?"

"여기 있습니다."

양부는 소현이 내민 서신을 재빨리 챙기며 슬그머니 눈짓과 함께 손을 저었다.

"흠, 나가 보게."

서신을 혼자 읽으며 즐길 심사였다.

소현 역시 눈치를 읽었기에 읍한 후 물러났다.

"흐음."

양부는 소현이 완전히 나가고 나서 서신을 펼쳐 찬찬히 읽기 시작했다.

"옳지! 그럼!"

서신을 읽는 내내 무엇이 즐거운지 고개를 끄덕이기도 하고 무릎을 치기도 했다.

그러다 서신의 마지막을 읽은 후 가만히 눈을 감았다.

"흐음……. 묵현이라."

처음 외손주가 복수를 위해 나서겠다고 했을 때 말린 게 자신이었다.

묵현의 소식을 듣고 당장이라도 뛰어나가려는 묵완을 말린 것 역시 자신이었다.

삼천현의 혈사가 단순한 사건은 아니기 때문이다.

그 정도 규모의 무인을 부렸다는 말은 암수들의 정체가 만만찮다는 의미였다.

행여나 경거망동하다가 해를 입을까 저어해 이름마저 바꾸게 하지 않았던가.

그 덕에 아직 묵현과 만나지 못한 외손자가 서신 말미에 그를 부탁한다고 하니 갈등이 되었다.

유가와 묵가.

둘 사이는 견원지간이라고 봐도 무방할 정도로 오랜 세월 반목해 왔다.

묵완이야 총명함 덕에 수많은 대학자와 거유 들의 눈에 들어 어찌 넘어갔다지만, 묵현은 달랐다.

유림이 주로 관가에 포진하고 있지만 강호의 소식은 듣는다.

묵광 묵현.

평판은 들을 만큼 들었다.

제 아비는 그래도 참을성이라도 있었지만 이놈은 아니다.

근묵자흑이라, 억지로라도 묵완과 떨쳐 놔야 할 존재.

양부에게 묵현은 딱 그 정도 존재였다.

피로 이어진 친혈육이지만 그렇다고 깊은 정이 있는 것도 아니다.

어차피 단 한 번도 만나지 못한 외손자보다는 품 안에 있는 묵완이 더 소중하다.

하나 그렇다고 신경 쓰지 않을 수도 없다.

그랬다가 행여나 묵완이 제 형을 찾으러 간다고 그러면 또 어쩐단 말인가.

지금의 묵현은 당장이라도 터질 화약고와 같다.

하나 그렇다고 또 대놓고 신경 써 줄 수도 없다.

유림의 입장에서 보자면 최악의 평판과 성향을 가진 이

를 어찌 유림의 거두라 일컬어지는 숭양서원이 공개적으로 도와줄 수 있으랴.

명분이 부족했다.

"흐음. 난제라, 난제야."

양부는 한참을 그렇게 생각에 빠졌다. 그러다 생각한 비책이 하나 있었으니, 그것은 다름 아닌 정보의 열람이다.

"구류십가, 저주받은 역사라면 놈도 만족하겠지."

묵완이 성을 바꾸고 세가회로 들어서겠다고 했던 다짐의 원인, 그것 역시 이것이지 않던가.

흉수의 실체를 가장 명확하게 알 수 있는 단서가 이것 말고 무엇이 있으랴 싶었다.

무수히 많은 세월 동안 구류십가는 싸워 왔다.

그 와중에 병가는 흔적도 없이 사라졌다.

병가의 업은 남았으나, 사상은 흐름에 합류하질 못했으니 사실상 역사는 끝난 것이라 봐야 했다.

묵가.

그 지독한 존재들을 말살하려 든 것 자체가 구류십가의 암투와 관련이 있다고 봐야 했다.

철저히 아성을 구축한 유가와 법가, 그리고 도가가 건재한 것 역시 이를 반증하는 결과다.

이들 셋은 아성을 구축하고 역사를 잇는 데 모든 것을 받쳐 왔다.

하나 묵가만은 달랐다.

아성을 구축하기보다는 세 파의 암류와 싸워 왔다.

지나온 역사에서 묵가는 겸애의 정신을 사상으로 내세웠으나 결과적으로 수많은 피를 딛고 일어섰던 것이다.

피에는 항상 원한이 따르기 마련.

"회라고 했던가?"

이것은 묵완에게 알려 주지 않은 이야기다.

칠성회.

불가가 교가 되면서 구류를 차지한 잡가의 인물이 나머지 구류십가를 모아 만들었다던 모임.

아마도 흉수는 그들일 게 분명했다.

개개인의 신상이야 다 밝혀지지 않았지만 대표적인 인물 몇은 유림에서 파악해 놓은 상태다.

이 정도 도움이라면 충분하리라.

그리고…… 묵현의 평소 성정으로 보아 당장이라도 이들을 죽이려 들 터, 그것이면 되었다.

차도살인지계.

앞으로 유림을 책임지고 이끌어 가야 할 인재에게 있어 짙은 피비린내는 삼가야 할 것이다.

공식적으로 유림은 언제나 구류십가의 암투에서 한발 물러선 입장이라 이런 일에 자신이 직접 나설 수는 없었다.

그래서 생각한 것이 밀영의 존재였다.

밀영(密影).

대대로 유림의 그림자로 살아가는 숨은 힘으로 숭양서원의 원주만이 명을 내릴 수 있었으니, 이번 일에는 적격이라 할 수 있었다.

게다가 태어나며 벙어리가 되기 때문에 지금과 같은 경우 정보가 샐 염려 역시 하지 않아도 되었다.

"게 있는가?"

스르륵.

동시에 양부의 그림자에 스며드는 또 다른 그림자 하나.

"부탁이 있네."

"……."

"구류십가에 대한 정보를 누군가에게 좀 넘겨주게."

"……."

"묵현이란 자이네."

"……."

"그럼 부탁하네."

스르륵.

이번에도 일체의 소음 없이 그림자가 사라졌다.

"흠, 이것으로 되었군."

그제야 양부는 다시 평온한 신색으로 서신을 읽기 시작했다.

아무리 읽어도 전혀 질리지 않을 사랑스런 외손자의 소

식이었다.

*   *   *

쾅! 쾅!
폭음이 진동하며 사방으로 먼지가 피어올랐다.
"마, 막아!"
"아, 씨박! 막으란 말이야!"
그리고 묵룡위들의 고함이 연달아 터졌다.
"하아, 또 시작인가."
방호선은 그 광경을 지켜보며 못 말리겠다는 듯 고개를 절레절레 흔들었다.
충격적인 장면도 한두 번이지, 이제 몇 번 보다 보니 그것도 면역이 돼서 그런지 별 감흥도 안 생겼다.
그저 참 독하다란 생각만 머리에 가득 찼다.
허구한 날 이게 뭔 짓인지.
"에효, 인생 참 힘들게 산다."
자기 같으면 그냥 눈 딱 감고 배 째라 드러누웠어도 진즉에 그랬을 건데, 묵룡위들은 힘들어하면서도 어찌어찌 잘 버티고 있는 걸 보니 신기하기도 했다.
이제 내일이면 서안으로 들어설 건데도 저러고 있는 것을 보면 묵현도 독하다.

그냥 하루 정도는 쉬면 좋지 않은가.

'그나저나 드디어 서안이군.'

참 많은 일이 있었다.

청해혈마의 충격적인 죽음을 통해 묵현이란 사내의 진면목을 알게 되었다.

어디 그것뿐이랴.

무슨 호강인지 천하에서 가장 아름답다는 여인 둘과 함께 마차를 타는 영광까지 누렸다.

나름 만족할 만한 여정이다.

물론 많은 숙제와 고민이 남았지만 말이다.

"후우……."

내뱉는 숨을 따라 방호선은 다시금 각오를 다졌다.

이제 겨우 시작이다.

자신이 나선 일은 여전히 끝나지 않았다.

독하지 않으면 장부가 아니라 했다.

목표한 일을 이루기 위해서는 독해져야만 한다.

그런데 그러다가도 또 막상 눈앞을 보니 고개를 젓게 된다.

저렇게만은 하고 싶지 않다.

쾅!

잊을 만하면 들려오는 폭음.

"컥!"

이번에는 제법 충격이 거셌는지 고정방이 거친 숨을 뱉

어 내며 뒤로 퉁겨졌다.

"젠장!"

때를 같이해 몸을 날리는 공만구의 얼굴에 잔뜩 악이 서린다.

'진형을 수련한다고 했던가?'

살면서 진형을 수련하는 데 저렇게 무식하게 한다는 것은 처음 들었지만 말이다.

만약 자신에게 저렇게 수련하라 했으면 진즉에 다 때려치웠을 것이다.

무슨 영화를 누려 보겠다고 저러는 것인지.

"쯧쯧."

안타깝고 안쓰럽다.

쾅!

이번에는 뛰어들었던 공만구가 퉁겨진다.

"제, 제, 제, 젠장!"

고방곤이 얼른 빈자리를 메우려 뛰어들었지만 여전히 묵현의 공세는 거침없었다.

마치 생사대적을 눈앞에 둔 것처럼 검에 실린 힘 역시 거칠고 강하다.

이는 묵현이 생각한 마지막 수련이었다.

분쇄되지 않을 진이란 무엇인가.

이 화두에 대한 답은 진의 파훼법에서 유추할 수 있다.

보통 일반적인 무인이 진에 갇혔을 때 할 수 있는 행동은 크게 둘이다.

 그 첫째는 압도적인 무력으로 진을 무력화시키는 것이고, 나머지 하나는 진의 허술한 부분을 찾아 뚫고 벗어나는 것이다.

 그 중 가장 일반적인 방법이 바로 압도적인 무력으로 아예 진 자체를 부셔 버리는 것이다.

 제 아무리 튼튼한 방벽이고, 촘촘한 그물이라 해도 결국 강력한 힘 앞에서는 무력할 수밖에 없다.

 부셔 버리고 찢어 버리는 데 무슨 수로 막을 것인가.

 그렇다면 그것을 역으로 생각하면 어떨까?

 압도적인 무력으로 쳐도 부서지지 않고 찢어지지 않으면 되는 것이 아닌가.

 묵현은 그런 생각에서 지금의 수련을 고안했다.

 죽는 순간이 와도 진형을 지킬 수만 있다면 결코 진은 무너지지 않으리라.

 그러자면 인정사정없이 몰아쳐야 한다.

 죽음의 공포를 느낄 만큼.

 뭐 당하는 묵룡위들의 입장에서야 진짜 죽을 것만 같겠지만 묵현은 나름 손속에 사정을 두면서 수련을 시키고 있었다.

 딱 공포만 느낄 수준으로.

문제는 그러다 보니 자연 매 공격마다 묵룡위들이 그것을 이기지 못하고 튕겨 나가 버린다는 사실이다.

딱 죽기 일보 직전에서 멈추는 공격이니 막아 낼 여력이 부족했던 것이다.

하나 묵현은 그런 묵룡위들의 사정은 고려하지 않았다.

지금 흘리는 땀 한 방울이 훗날 피 한방울을 아껴 줄 것이 분명했기 때문이다.

게다가 언제 또 이렇게 수련을 해 보겠는가.

아직 흉수의 정체를 다 밝혀낸 것도 아니고, 복수가 끝난 것도 아니다.

앞으로 얼마나 더 치열한 싸움이 있을지, 얼마나 많은 피를 봐야 할지 그것은 아무도 모른다.

그러니 이렇게 시간이 날 때마다 수련을 해 줘야 하는 것이다.

"다시!"

결국 묵현의 입장에서 수련은 계속되어야 하는 것이다.

"아오, 씨팍!"

당하는 사람 입장에서야 그것은 진정 끔찍한 일이었지만.

"에효, 에효."

방호선은 그 광경을 계속 눈에 담아 두며 혀를 연신 차고 또 찼다.

그러다 마차가 서안의 초입에 들어서자 크게 외쳤다.

"도착했습니다! 서안입니다!"

자신이 봐도 너무도 불쌍한 묵룡위를 위해서다.

그것은 진정 천상의 옥음이었다.

끝나지 않을 것 같은 지옥 굴에 동아줄 하나가 내려온 것과 진배없다.

"드디어!"

"오, 신이시여!"

"서안이다, 서안이야!"

"아, 아, 아."

"다, 다, 다해, 해 행이다!"

누가 먼저랄 것도 없이 묵룡위들의 얼굴에 화색이 돌았다.

주르륵.

어찌나 감격스러웠던지 눈물을 흘리기까지 했다.

수련의 끝을 알리는 방호선의 외침은 지금까지 묵룡위가 그렇게도 꿈꾸던 천국이 도래했음을 알리는 소식이었다.

"흠……."

묵현의 입장에서야 아쉬운 일이었지만 말이다.

"도착했네요."

고생했던 묵룡위와 상반되게 마차 안에서 내내 편안하게 이동한 진하은이 먼저 차창의 차양을 열며 밝은 목소리로 반겼다.

"어머! 그러네요."

뒤이어 남궁령 역시 활짝 웃는 낯으로 고개를 내밀었다.

드디어 여정이 끝난 것이다.

사실 다른 이들에 비해 편하기는 했지만 쉽지 않고 달려온 이 지독한 여정에 둘 모두 힘들었다.

사내들이야 그냥 대충 안 씻어도 상관없다지만 이들 둘에게는 그것조차 고역이었다.

불편한 게 어디 그것만이겠는가.

씻는 것, 먹는 것, 입는 것, 자는 것.

뭐 하나 제대로 된 것이 하나도 없었다.

아니 쉴 때만이라도 객잔에서 쉬었다면 덜 힘들었을 것이다.

그런데 지금까지 쉬어 본 것이라고는 지친 말을 바꿀 때와 말이 여물과 물을 먹을 때, 이 두 경우가 아니면 없었다. 사실 내색할 수 없어 못 한 것이지 진하은과 남궁령은 그간 마음고생이 심했다.

금지옥엽으로 대우받으며 살다가, 어느 날 갑자기 무슨 길가에 핀 야화보다 못한 대접을 받았으니 상심이야 이루 말할 수 없었다.

게다가 좁은 공간에서 오는 내내 신경전을 벌였더니 그것 역시 피곤한 일이었고 말이다.

이제 힘겨운 시간을 날려 버릴 수 있게 되니 자연 얼굴에 화색이 도는 것은 당연한 일이었다.

"흐음."

 진하은은 새삼 집이 얼마나 소중한 것인지 이번에 깨닫게 되었다.

 이래서 집 나가면 고생이라 하는가 보다.

 아니 지금까지 외유를 할 때는 전혀 못 느꼈던 감정이다.

 이게 다 저기 저 무심한 사람 때문이다.

 그래도 미워할 수 없는 사람.

 "북천으로 들어간다."

 어김 없이 이번에도 별 감흥 없는 묵현의 지시가 떨어졌다.

 '피!'

 진하은은 그런 묵현을 두 눈에 계속 담고 있었다.

 슥.

 묵현이 그녀의 시선을 느꼈는지 고개를 살짝 돌려 눈을 마주했다.

 "집에 왔다 생각하니 기분이 좋은가 보구나."

 순간 묵룡위들의 시선이 일제히 묵현을 향했다.

 마치 못 들을 것을 들었다는 표정이다.

 그만큼 묵현의 말은 놀라운 것이다.

 아니 묵룡위들에게는 그랬다.

 언제 자신들에게 따뜻하게 이야기 한마디라도 해 준 적이 있던가.

 없다. 아니 생각나는 것이라고는 무시무시한 기세를 뿜

어내며 몰아치던 것 말고는 없다.

묵현은 그런 묵룡위의 시선은 아랑곳하지 않고 다시 고개를 돌려 전면을 향했다.

내심 내색하지 않았지만 누구보다 더 심장이 두근거리는 사람은 묵현이었다.

'공형, 관성……'

서안 너머 있을 그들의 안위를 우려하며 묵현은 가만히 묵혈지공으로 마음을 다스렸다.

이제 다 왔다.

조급해 할 필요가 없다.

곧, 곧이다.

그들과 조우할 시간이.

    *   *   *

북천으로 마차를 몰고 간 묵현 일행은 진하은과 남궁령, 방호선을 내려 주었다.

"조심하세요."

진하은은 서둘러 길을 나서는 묵현의 뒤에서 조그만 목소리로 그의 건승을 기원했다.

"당연히 별일없이 끝내시리라 믿어요."

남궁령 역시 생긋 웃으며 묵현을 배웅했다.

둘의 그런 모습을 보며 방호선은 가만히 속으로 혀를 내둘렀다.

대체 저 무뚝뚝한 사내가 무슨 매력이 있다고 저러는 것인지 이해가 되지 않았다.

"쩝."

강하면 장땡인가 싶다.

'에휴, 이제 어쩌지?'

사실 막무가내로 쫓아온 길이다.

마음 같아서는 길을 나서는 묵현 일행을 뒤쫓고 싶었지만 이번에는 위험했다. 묵현이 무시무시한 눈빛을 쏘아 보내며 경고했기 때문이다.

결국 북천에 남기는 남았는데 마땅히 할 일이 없다.

어쩌다가 개방의 후개인 자신의 신세가 이리 궁색하게 되었는지.

'이번에는 진짜 벨 기세였어! 젠장!'

오도 가도 못 하는 신세가 되어 버린 방호선이 할 일이라고는 그저 자는 것 말고는 없어 보였다.

사실 노곤해진 몸을 풀어 줘야 하긴 했고 말이다.

방호선은 묵현 일행의 뒷모습을 쫓다 이내 고개를 털고는 북천에서 배정해 준 숙소로 걸어가기 시작했다.

스륵.

'거지가 감이 좋네.'

방금 전까지 방호선이 있던 자리에 고하연이 모습을 드러냈다.

고하연은 괜히 피를 보지 않아 다행이라 생각했다.

만약 방호선이 쫓아왔다면…….

결과는 안 봐도 뻔했으리라.

묵현이 이곳에 고하연을 남긴 의도 역시 단숨에 베라는 것이었으니 말이다.

묵룡위에서 가장 검이 빠른 이가 고하연이다.

안 그래도 묵룡관에서 수련하던 시절, 오수로 불리며 재능의 뛰어남과 쾌검으로 이름을 날렸었다.

거기다 묵현의 조련으로 지금은 과거에 비할 바가 아니었으니, 방호선은 운이 좋은 셈이다.

고하연의 입장에서도 그게 마음 편했다.

그래도 미운 정이라고, 그간 함께했던 이를 벤다는 것은 결코 유쾌한 경험이 아니니까.

만약 다른 이였다면 그대로 자리를 떴겠지만 고하연은 그러지 않았다.

한참 방호선이 완전히 자신의 방으로 들어갔는지 확인을 하고서야 움직였다.

방향은 일행들이 먼저 움직인 영화루 쪽이었다.

"……!"

영화루에 도착한 고하연은 순간 말을 잃었다.

눈앞에 펼쳐진 광경이 그렇게 만들었다.

묵현과 나머지 묵룡위들이 전부 침중한 신색으로 주변을 살피고 있는 광경을 보자 뭔가가 목에 꽉 들어차 버린 느낌이었다.

"이, 이, 이러, 럴 수, 수가."

"제길! 씨팍!"

고방곤의 말 더듬는 것도, 공만구의 울분에 찬 고함도 모두 이해가 되었다.

그만큼 눈앞에 펼쳐진 광경은 최악이었다.

영화루.

예전의 모습이 지금도 눈에 선한데 눈앞에 보이는 광경은 그때와 완전히 달랐다.

완전히 전소되어 버린 것이다.

타다 남은 목재와 재만이 과거의 흔적을 말해 주고 있을 뿐이었다.

게다가 상황을 보아하니 영화루가 전소되던 날, 이곳에서는 치열한 격전이 있었던 게 분명했다.

부러진 장검과 아직 남아 있는 찢어진 옷자락, 곳곳에 깊게 파이거나 부서진 바닥, 여기저기 남아 있는 엉겨 붙은 핏자국.

상대는 제대로 준비했던 것인지 바닥에 나 있는 흔적만

보더라도 거침없이 들이닥친 모양새였다.

이래서는 공형과 관성의 안위에 대해서는 사실상 최악의 상황을 가정해야만 했다.

그만큼 영화루가 있던 자리에 남은 흔적들은 처절했다.

'흠. 피한 것인가?'

묵룡위들이 한참 잔해 덩어리를 파헤치며 울분에 찬 눈빛으로 돌아보고 있을 때, 묵현은 그들보다 훨씬 먼저 하나의 흔적을 찾았다.

그리고 아직 공형과 관성이 무사함을 알 수 있었다.

잔해 더미 위에 새로 새긴 표식 하나.

그것은 하오문 특유의 흑화였다.

그래도 경거망동하지 않았다.

이 표식 역시 자신들을 기만하려는 암류의 함정일 수도 있었다.

묵현은 먼저 주변을 파헤치던 묵룡위들을 향해 전음을 보냈다.

"모두 조용히 나를 따른다."

먼저 확인해야 할 것이 있다.

표식의 진위 여부.

하오문의 표식이 가리키는 장소, 그곳은 다름 아닌 비림이었다.

비림(碑林).

송 대의 개성석경을 보존하기 위해 세워진 장소로 유림의 중지 중 하나였다.

그것은 개성석경이 백열네 개의 석판에 유교 경전 십삼경을 조각한 곳이기 때문이다.

이후 수많은 명사들의 석각과 전적비가 주위를 두르듯 세워져 비석의 숲이 되어 버린 곳이었다.

하오문의 표식은 그곳으로 자신들을 부르고 있었다.

묵현은 일단 비림에 직접 가 보기로 결정했다.

그런 묵현의 결정에 따라 묵룡위는 암중으로 주변을 경계하며 신형을 움직였다.

'흐음.'

묵현은 이동하며 왜 하필 공형과 관성이 비림에 숨어들었는지 이해할 수 없었다.

묵가와 유가.

둘 사이의 관계에 대해 어느 정도 아는 이라면 아마도 절대 비림을 택하지 않았을 것이다.

행여나 유림의 공격마저 받을 수도 있기 때문이다.

그래서 더 표식의 진위를 판단하는 추가 진실로 기울기는 했지만 말이다.

급박한 상황에서 이것저것 잴 여유가 어디 있었을까.

게다가 비림이라면 유림이 수호하는 곳이니 암류의 공격에서도 어느 정도 자유로울 수 있을 것이다.

물론 유림의 공격을 받지 않았다는 전제가 필요하겠지만 말이다.

'공형, 관성…….'

침중한 눈빛으로 묵현은 비림까지 쉬지 않고 달렸다.

그러다 막 비림의 입구에 들어서는 순간, 묵현의 기세가 날카롭게 변하게 그의 검이 공간을 갈랐다.

챙!

"누구냐!"

묵현의 입에서 토해진 목소리는 잔뜩 날이 서 있었다.

단순히 적의 등장을 눈치챈 것이라면 묵현은 오히려 무심했을 것이다.

하나 지금은 상황이 다르다.

최악의 상황을 가정하는 순간이기에 자신도 모르게 살기가 뿜어졌다.

함정이어도 좋다.

그러나 공형과 관성이 만약 죽고 없다면……!

"나와라!"

묵현의 검이 환상처럼 주변을 점하며 유려한 곡선을 그렸다.

스팟!

동시에 허공에 맺힌 핏방울.

"그곳이더냐!"

이어 묵현의 검이 다시 움직였다.

속전속결!

둘의 안위를 확인하기 전까지 일체의 시간도 지체할 수 없었다.

스각.

청해혈마와의 격전 이후 묵현의 검은 더욱 빠르고 날카로워졌다.

피하려 한다고 피할 수 있는 성격의 것이 아니었다.

상대의 불운은 그런 묵현의 무위를 정확히 알지 못했음이다.

다시 튀어 오르는 핏방울.

'얕다!'

묵현의 검은 그럼에도 쉬지 않았다.

적을 벨 때 느껴지는 촉감이 아직 상대가 치명타를 맞지 않았음을 알려 왔기 때문이다.

슉—

이번에는 묵현이 가장 자신 있게 펼칠 수 있는 절대 쾌검 묵룡혈이 펼쳐지며 대기마저 찢어 버렸다.

쾅!

폭음과 함께 묵룡혈에 직격당한 상대의 신형이 뒤로 퉁겨졌다.

밀영은 순간 자신의 판단을 수정해야 했다.

처음 양부에게 명을 받은 이후 한번 시험해 보겠다는 생각에서 기척을 드러낸 것인데, 생각보다 상대의 무위가 만만찮았다.

유림의 숨은 힘.

오랜 세월 유가의 비전이 낳은 자신의 행적을 상대는 놓치지 않고 있었다.

게다가 방금 전 공격은 장안술로 은신한다 해도 피할 수 없는 공격이었다.

묵광 묵현!

강호를 질타하는 대다수 무인의 위명에 어느 정도 허명이 끼어들게 마련인데, 이자는 달랐다.

오히려 평가가 절하되었음이 분명하다.

과연 묵가라는 생각이 들었다.

하나 이대로 속수무책으로 당할 수는 없었다.

자신에게도 무인의 자존심이 있다.

비록 어릴 적부터 유림에 의해 길러지면서 모든 감정을 거세당했지만 무인의 혼마저 잃어버린 것은 아니다.

호승심!

그 강렬한 감정이 밀영의 심장을 두근거리게 했다.

살문의 무예가 가진 최고의 장점.

혹자는 은밀함을 꼽지만 유림은 달랐다.

순간적으로 힘의 폭발을 유도하는 기예들.

집단을 상대로 할 경우 최악의 수가 될 수 있지만 밀영에게 그런 경우는 없다.

숨겨진 힘이 사용될 때는 한 사람을 상대로 할 때!

용천혈을 타고 몸 안의 내기가 지면을 밀어냈다.

팡!

압축된 힘이 폭발하며 쏘아진 신형.

스릉.

밀영의 손에 어느새 단도가 쥐어졌다.

상대의 제압!

완벽한 무력화!

유림의 비전이 낳은 최강의 수.

지금 밀영이 시전하는 것은 바로 그것이었다.

이른바 순살(瞬殺)의 기예.

챙!

그러나 그런 밀영의 수는 너무도 쉽게 막혔다.

이번에는 묵현이 방어한 것이 아니다. 어느 틈엔가 장내로 들어선 묵룡위들의 합격이었다.

수성의 대가다운 튼튼한 진형이었다.

덥썩.

때를 같이해 묵룡섬으로 쏘아진 묵현의 신형이 밀영의 목을 움켜쥐었다.

"쉑쉑."

밀영의 유명무실해진 성대에서 쇳소리가 났다.

묵현은 그런 그를 노려보며 물었다.

"말해라. 그들은 어디 있지?"

당장이라도 베고 말 것 같은 흉폭한 기세가 넘실거렸다.

분하지만 이번 승부는 밀영의 완패였다.

결국 밀영은 힘겹게 품에서 하나의 서신을 꺼내 묵현에게 건넸다.

스륵.

그리고 묵현이 그것을 잡아채는 짧은 틈새를 이용해 밀영은 그대로 몸을 숨겼다.

어차피 목적은 이뤘으니 다시 돌아갈 때다.

지금의 승부, 절대 잊지 못한다.

밀영은 다음에는 기필코 이 치욕을 갚아 주리라 생각하며 묵현에게서 빠르게 멀어졌다.

묵현은 그런 밀영의 기운을 감지하고 있으면서도 모른 척했다.

어차피 중요한 것은 그의 존재가 아니었다.

더군다나 상대의 수는 자신에게 무용지물이니 더 걱정할 필요가 없었다.

묵혈지안.

기의 실체를 좇는 부동지안 앞에서는 어떤 은신술도 통하지 않는다.

그것이 설령 은신술의 최고봉이라 일컬어지는 장안술이라도 하더라도 말이다.

서신에는 묵현에게 전하는 몇 가지 말과 공형, 관성의 행방에 대해 적혀 있었다.

"구류십가!"

묵현의 분노가 거칠게 타올랐다.

부릅 뜬 두 눈에 담긴 적의가 당장이라도 토해질 것만 같았다.

그만큼 서신에 적힌 사실이 묵혈지공을 통해 절대 부동심을 가진 묵현의 심사를 뒤흔들었다.

이제야 모든 것이 명확해졌다.

생각지도 못한 유림의 선물이지만 묵현은 순순히 믿기로 했다.

어차피 항상 머리만 쓰던 놈들이 유림이다.

그들이 무슨 흑막을 꾸미건 그것은 두렵지 않다.

자신에게 해를 입히면 갚으면 그만이다.

지금 중요한 것은 흉수의 정체와 공형, 관성의 무사함이었다.

第四章

묵룡강림(墨龍降臨)

묵현은 서신에 적혀 있는 장소로 묵룡위와 함께 이동했다.

그곳은 서안 외각에 위치한 한미한 장원이었는데 유림에서 제법 신경을 쓴 것인지 위치가 실로 교묘했다.

이곳을 잘 아는 자가 아니라면 쉽사리 찾기 어려운 위치에 자리 잡고 있었다.

병가의 전략이나 묵가의 수성에 비견되던 유가의 책략.

유가 역시 오랜 전란의 시절인 춘추전국시대에서 생존을 자구하기 위해 수많은 시도를 해 왔었고, 그 결과 만들어진 것이 그들만의 책략이다.

보이되 의식하지 못하게 한다.

인간의 심리와 감각은 지극히 단순하다. 유가는 바로 이런 감각이 가지는 맹점을 최대한 이용할 줄 알았고, 그것이 이 장원에도 펼쳐져 있었다.

"흠."

"히야! 이게 바로 유가의 책략인가?"

"씨팍! 속을 뻔했잖나!"

"아, 아, 아 대, 대단해!"

묵룡위 역시 다들 탄성을 내질렀다.

묵현 역시 가만히 고개를 끄덕였다.

만약 자신에게 묵혈지안이 없었다면 속았을지도 모를 교묘함이었다.

끼이익.

묵현과 묵룡위가 막 장원의 문을 열고 들어가자 공형이 대청에 앉아서 그들을 기다리고 있었다.

"왔구나."

공형은 반가운 신색으로 묵현과 묵룡 사조를 맞이했다.

하지만 그의 몰골을 보는 묵현의 눈은 그렇지 못했다.

"누굽니까!"

공형은 그간의 고초가 심했던 것인지 몸 곳곳에 부상이 여전히 남아 있었고 아직 채 아물지 않은 상처에서는 핏물이 배어 나오고 있었다.

"유림입니까?"

"아니다. 그들은 우리를 위기에서 구해 주었다."

사실이 그랬다.

만약 유림의 도움이 아니었다면 공형은 이 자리에 있지도 못했다. 그만큼 적의 공세는 거칠었고 치밀했다.

도저히 도망칠 수 없는 상황 속에서 하나씩 목숨을 잃어 간 수많은 하오문도들.

공형은 그때를 다시금 상기하며 고개를 저었다.

"그들이 아니었다면 우린 그날 죽었을 것이다."

"그런데 관성은요?"

"녀석? 꽤나 하오문도들에게 정이 들었던지 무리했었다."

공형은 말과 함께 한쪽을 가리켰다.

묵현은 그런 공형의 손짓에 쓰게 웃었다.

처음 자신을 만날 때부터 다소 경솔한 모습을 보이더니만, 죽지 않은 게 다행이다.

'겁 없는 녀석.'

대범하다고 해야 할지, 대책 없다고 해야 할지.

"흉수를 찾았습니다."

묵현은 굳은 신색으로 공형에게 그간 있었던 일을 말했다.

"그들은 구류십가 중 일곱 부류였습니다."

"칠성회!"

순간 공형이 경악에 찬 비명을 내질렀다.

묵현이 지칭하는 이들이 누군지 알았기 때문이다.

하나 그럴 리 없다고 생각했다.

그들이 예전에 전멸했다는 사실을 알아서다.

묵현은 그런 공형의 반응에 이채를 띠며 물었다.

"아셨습니까?"

"묵룡관의 교두들에게만 전해지는 이야기가 있다. 묵룡위의 탄생 배경에는 그들의 존재가 밀접한 관계가 있기 때문이다. 하지만 그들은 맥이 끊어진 것으로 알고 있다."

묵현은 자신이 받은 서신을 공형에게 넘겼다.

"유림에서 넘겨준 자료입니다."

공형은 서신을 찬찬히 읽으며 시시각각 표정이 변했다.

"흐음, 진정 그들이란 말인가!"

공형은 침음성을 내뱉으며 묵현이 들고 온 서신을 몇 번이고 보고 또 보았다.

유림의 제보.

있는 그대로 믿고 싶지 않았지만 정황이 믿을 수밖에 없게 했다.

과거에도 몇 번 그들의 도발이 있었다.

그때마다 묵가는 당당히 나아가 그들의 도발을 잠재우고, 그들이 노렸던 천하의 혼란을 막는 데 누구보다 앞장섰다.

묵룡위의 존재 역시 그와 같이해 성장하고 발전되어 왔다.

이번에 보인 그들의 치밀함은 의외지만 모든 정황이 칠성회가 범인이었음을 지목하고 있었다.

"그들이 진정 맥을 이어 오고 있었단 말인가!"

공형은 지그시 눈을 감았다.

앞으로 어떻게 일을 진행해야 할지 생각의 정리가 필요했다.

유림의 제보는 단순히 칠성회의 존재 자체만 이야기하고 있는 것이 아니었다.

서신에는 유림에서 알아낸 칠성회 인원 몇몇에 대한 간략한 신상 내역까지 있었다.

문제는 이들 대부분이 각각의 세력에서 큰 영향력을 가진 인물들이라는 것이다.

접근 자체가 어려울 뿐만 아니라 이들 전부를 제거했다가는 자신들이 강호에서 고립될 게 뻔해 보였다.

생각을 정리하다 보니 유림의 의도 역시 알 수 있었다.

왜 자신들에게 이렇게 친절을 베풀었는지 말이다.

"차도살인지계!"

유림은 노골적으로 그것을 원하는 형세였다.

천하가 혼란해지면 유림 역시 타격을 받는다.

대대로 관의 녹을 먹는 그들에게 있어 천하가 혼란하다는 말은 자신들의 능력이 부족하다는 의미이기도 했다.

그렇게 되면 황제의 신임을 받지 못한다.

유림의 존재 이유는 결국 황제의 신임!

"쉽지 않겠어."

마음 같아서는 무시하고 싶지만 그럴 수 없다.

아직도 구천에서 떠돌고 있을 묵교의 희생자들을 어찌 잊을 수 있으랴.

혈채는 받아야 한다.

제아무리 겸애의 정신으로 모두를 평등하게 사랑하라 했지만, 원한을 잊을 수는 없다.

"역시 유림이라 해야 하나?"

그들은 언제나 이래 왔다.

과거에도 유림은 묵가의 희생을 강요했다.

피할 수 없는 상황을 만들어 놓고 말이다.

그야말로 제대로 된 올가미에 걸려 버린 것이다.

"일단 관주님께 연락을 드려야겠다."

공형은 일단 판단을 유보하기로 했다.

하나 묵현은 아니었다.

"그럴 수는 없습니다."

"하면?"

"북천에 자리 잡은 암류는 먼저 제거해야 합니다."

공형과 관성의 안위를 위해서도 이는 반드시 행해야 할 일이었다.

부군사 조하승.

지금까지 있었던 암류의 습격 대다수가 그자의 소행인 것이 밝혀진 이상 묵현의 입장에서 그의 제거는 당연한 일이었다.

"무리다!"

공형은 묵현의 결정을 만류하고자 했다.

상대는 북천의 핵심 중 핵심 인물이다.

군영각에 거주하는 북천의 실세인 부군사 조하승을 무슨 수로 제거한단 말인가.

그것도 제대로 된 증거도 없이 그를 참하는 것은 그야말로 섶을 지고 불구덩이에 뛰어드는 격이라 할 수 있었다.

자칫 잘못하다가는 북천과 싸워야 할지도 몰랐다.

지금의 묵가가 가진 전력으로 그것은 무리라 봐야 했다.

이제 남은 묵가, 즉 묵교의 생존자는 삼백여 남짓.

이란격석이 괜한 고사가 아니다.

만약 다른 이라면 충분히 고심해서 일을 추진하리라 생각하기에 공형 역시 말리기보다는 상황을 유도했을지도 모른다.

하지만 상대는 묵광으로 소문난 묵현이다.

남황맹에서의 사건만 봐도 그가 어떤 성정의 사람인지는 누구나 알 수 있다.

그래서 말렸다.

묵현이라면 이것저것 고려하지 않고 부군사 조하승을 베

어 버릴 것이 분명했기 때문이다.

"일단 상황을 보고 결정하자."

이는 다른 묵룡위도 같은 생각이었다.

"교관님, 일단 물러서는 게 어떻겠습니까?"

지금까지 흉수의 내막을 찾기 위해 움직였지만 이제 상황은 달라지지 않았던가.

삼천현의 혈사를 일으킨 주범이 밝혀진 이상, 그리 급할 이유가 없다.

'청산이 푸르른 한 복수는 끝나지 않는다'라는 유명한 말도 있지 않던가.

"일단 북천에 들어가서 생각하겠습니다."

묵현은 그런 사람들의 만류에도 불구하고 먼저 자리에서 일어났다.

"묵룡위는 이곳에서 대기하도록."

공형과 관성을 지킬 인원이 필요했다.

묵현은 그것을 묵룡위에게 넘겼다.

"위험할 수 있다."

공형은 그런 묵현을 어떻게든 말려 보려고 했다.

"일단 북천령주의 신분이기 때문이라도 북천에 가야 합니다."

그러나 묵현은 꿈쩍도 하지 않았다.

"게다가 저에게 위험 따위는 존재하지 않습니다."

묵혈위사는 결코 위험을 피하지 않는다. 오히려 위험을 제거하는 자가 묵혈위사다.

"그럼 가 보겠습니다."

묵현은 그 길로 다시 장원을 나섰다.

이제 행선지는 북천 군영각이다.

*   *   *

낡은 방립.

다 헤진 적삼.

닳고 닳은 녹피화.

녹이 슬어 제대로 썰리기나 할지 모를 철검 한 자루.

유철산의 모습만 보면 영락없는 삼류 낭인의 모습이었다.

낙안봉에서 내려온 직후 도관과 도복을 버렸기에 행색은 추레함 그 자체라고 해야 했다.

하지만 누구도 그런 그에게 함부로 다가가지 못했다.

알 수 없는 기세가 뿜어져 나왔기 때문이다.

행색이 초라하다고 사람이 변할까.

누가 뭐래도 화산이 낳은 최강의 검수, 황매검이다.

화산이 낳았으나 화산이 기억하지 못하는 절대 고수의 기세는 고아하고 청명하다.

유철산은 가만히 곧 있을 자신의 마지막 싸움을 생각했다.

승패의 여부는 상관없다.

이기면 살 것이요, 지면 죽는 것.

무부의 삶이란 자신의 생을 검끝에 걸어 두고 살아가는 것이다.

유철산은 이 한 번의 승부가 끝나면 검을 꺾을 생각이었다.

그것으로 족했다.

자신이 지금까지 검을 갈고닦아 왔던 것은 오늘의 승부를 위해서라고 생각했다.

'묵현이라 했던가.'

그동안 그에 대한 정보는 충분히 들었다.

나이에 비해 무위는 믿을 수 없을 정도로 강하며, 당대 묵가 최강의 검인 묵혈위사라는 사실까지. 무엇 하나 빠짐없이 회는 자신에게 모든 것을 준비해 주었다.

그만큼 묵혈위사라는 이름의 무게가 컸던 탓이다.

묵가 존망의 위기에는 어김없이 그들이 출현했다.

회는 그때마다 분루를 삼키며 어둠으로, 어둠으로 숨어야만 했다.

그들의 비상식적인 강함 앞에 회의 검이 꺾였고, 수많은 목숨이 생을 달리할 수밖에 없었다.

그러나 이번에는 다를 것이다.

유철산은 자신이 익힌 화산의 검을 믿었다.

이십사수 매화검.

모든 화산 검학의 근본이자 끝.

한계를 넘고 틀을 깨뜨려 스스로 하나의 검을 만들었으니 이십사수 황매검이다.

매실이 누렇게 익어 가며 뿜어내는 향기에 취해 본 적이 있던가.

그 달콤한 향기에 취하는 순간 모든 것은 끝난다.

유철산은 가만히 자신의 검을 퉁겼다.

둥—

낮지만 깊은 울림.

평범한 철검에서 어찌 이런 소리가 나올 수 있으랴 싶을 정도로 신비한 음색이 검을 타고 토해진다.

철검은 매화검을 버리며 챙긴 유일한 무기였다.

아버지의 검.

유철산이 채 젖을 떼기도 전에 유명을 달리한 그의 아버지가 세상에 남긴 마지막 유품이다.

지금 검이 울고 있는 것이다.

묵가의 피를 머금기 위해.

"그래, 그래."

유철산은 그런 검을 마치 아이 달래듯 조심스레 검면을 쓰다듬었다.

누가 본다면 미친 사람이라 할 정도로 기괴한 광경이라

할 수 있었다.

하나 유철산은 무척이나 진지하게 검을 어루만지고 있었다.

두둥―

또 한 번의 울림.

두두둥―!

울림은 점차 커져 갔다.

유철산은 울림을 따라 준비된 하나의 의식을 치르기 시작했다.

누구도 알지 못하는, 그러나 분명히 존재하는 영을 깨우는 명가(明家)의 비전 절예.

오랜 세월 명가의 사람들은 궤변론자로 오인받아 왔다.

이는 그들의 유구한 역사 중 그들이 보이는 이적 자체가 말이 되지 않았기 때문이다.

하나 명가의 비전은 그러한 박해 속에서도 꾸준히 발전되어 왔다.

그렇게 해서 만들어진 절예.

지금 유철산의 손에서 피어나는 이적이 바로 그것이었다.

명가에서는 말한다.

어떠한 병기든 영(靈)을 가지고 태어난다고.

그것이 이 비전 절예의 시작이다.

만드는 사람이나, 사용하는 사람의 역량에 따라 신병이

탄생하기도 혹은 마병이 되기도 하지만, 결국 근본은 영이다.

그런데 이 영이란 것이 묘한 성향을 가질 때가 있다.

사용하는 이가 한을 품고 죽게 될 때 생기는 현상인데, 병기 스스로 주인의 죽음을 인지하게 된다는 것이다.

의지가 생긴다는 말인데, 이렇게 만들어진 병기들은 영성이 저절로 개화했기 때문에 신병도 마병도 아니다. 단순한 병기, 그 자체일 따름이다.

문제는 한을 품게 만든 대상과 조우하게 되면 이 병기가 또 한 번 스스로 의지를 드러내는데, 이때의 병기는 가히 신병과 맞먹는 힘을 낼 수 있다.

물론 그러기 위해서는 몇 가지 특수한 의식이 필요하지만 말이다.

바로 이것이 명가 천여 년의 역사가 만들어 낸 비전이다.

영과 소통하며 깨우는 행위.

단순한 동작에도 수많은 숨겨진 함의가 존재하며, 법이 복잡하여 명가의 정통이 아니면 잇기 어렵다는 절예.

강림개화(降臨改化)!

투두둑.

유철산의 손짓이 이어지며 검은 점차 본연의 모습을 찾아갔다.

녹슬고 세월의 부침에 망가졌던 검신은 날카로운 예기를

뿜어내기 시작했고, 순간 검면에 균열이 생겼다.

쩌저적.

이어 세월의 잔재를 털어 내고 모습을 드러낸 검.

그것은 더 이상 평범한 철검이 아니었다.

명가의 비전 절예 강림개화가 이끌어 낸 검의 힘은 이적을 만들었다.

검 스스로 기운을 뿜어내는 광경.

신병이기만이 가진다는 기운이 철검 위에 강림했다.

"때가 되었는가."

유철산은 이제 묵현, 그를 만날 때가 되었음을 직감하고는 천천히 굳었던 몸을 풀었다.

검령이 개화했다는 것 자체가 그의 존재가 다가옴을 의미했다.

지이잉—

이제는 육안으로 봐도 확연히 드러날 정도로 진동이 심해진 검의 울림.

"흠, 왔는가."

때를 같이해 회의 전령이 유철산을 찾아왔다.

"예, 어르신."

전령은 유철산의 기이한 기운에 자신도 모르게 고개를 숙였다.

포근하지만 안에 숨겨진 날카로운 예기.

유철산의 두 눈에서 어느새 폭풍이 몰아치고 있었다.

도만 닦으며 지내 왔던 화산의 노검수에게도 곧 다가올 대결이 무심한 일은 아니었던 것이다.

"그래, 그는 어디에 있나?"

"북천으로 이동 중에 있습니다."

"알겠네. 회주에게 전해 주게. 보중하시라고."

유철산은 마지막 인사를 끝으로 천천히 걸음을 옮기기 시작했다.

"묵가여."

한껏 풀어놨던 검의 기운도 틀어쥐어 잠시 잠재웠다.

"기다리게."

이어 천천히 걷던 걸음은 어느새 빛살처럼 쏘아졌고, 절정에 이른 암향표의 표홀함이 뒤를 따랐다.

휘리릭—

쏘아진 유철산의 신형은 어느새 북천으로 들어서는 입구에 도착해 있었다.

잘게 떨리며 펄럭이는 적삼의 움직임이 채 끝나기도 전에 유철산의 시선이 곧 한곳에 고정되었다.

그곳에는 무거운 분노를 억누르며 거칠게 다가오는 한 사내가 있었다.

묵광 묵현.

"으음……."
느껴지는 기파의 강렬함에 유철산은 침음성을 삼켰다.
강자!
이미 상대는 충분히 강자의 반열에 들어선 자였다.
"과연!"
명불허전!
묵혈위사의 위명은 역시 거짓이 아니었다.
척.
유철산은 불문곡직 그대로 자신의 검을 들어 묵현의 앞을 막아섰다.
"기다렸네. 자네가 오기를."
스르릉.
이어 공간을 가르는 유철산의 검.
팡!
묵현은 갑자기 몰아친 기운에 재빨리 자신의 검을 들어 앞을 막았다.
그리고 누가 자신을 노린 것인지 살폈다.
씨익.
유철산은 그런 묵현을 향해 미소를 지었다.
현현한 기운이 뿜어지는 거인!
막 유철산을 마주한 묵현은 그런 느낌이 들었다.
지금까지 만나 보지 못한 또 다른 강자.

강호에 수많은 기인이사가 존재한다지만 눈앞의 노검수처럼 현현한 기운을 뿜어내는 이는 그리 많지 않으리라.
 게다가 이 느낌은 그리 낯설지도 않았다.
 "화산?"
 무슨 곡절일까.
 자신은 화산과 부딪칠 이유가 전혀 없었다.
 "부군사?"
 아니 있다면 부군사 조하승, 그자와 관련된 자가 분명했다.
 그렇다면…… 벤다!
 지난날 삼천현을 습격한 이들의 기운과 달랐지만 적이라 판명된 이상 묵현에게 거칠 것은 없었다.
 스윽.
 결심이 선 순간 묵현의 신형이 유철산을 향해 쏘아졌다.
 절정에 이른 묵룡섬!
 "마음이 급한 친구일세."
 유철산은 그런 묵현의 움직임에도 당황하지 않았다.
 오히려 허허로운 기운과 함께 자신의 검을 들어 천천히 베었다.
 동시에 뿜어지는 진한 매화 향.
 그 단순한 한 수에 묵현의 움직임이 막혔다.
 확―

뒤로 신형을 빼며 묵현은 극한의 묵혈지안을 펼치기 시작했다.

단순히 검향의 경지가 아니었다.

만약 그랬다면 충분히 묵룡섬의 움직임이 그것을 피했을 터, 하지만 피하지 못했다.

표가 나지 않았지만 잘게 잘린 소매의 깃이 그것을 말해주고 있었다.

"본인은 유철산이라 하네. 그리고 회에서 나왔지."

유철산은 그런 묵현을 향해 다시금 천천히 자신의 검을 들어 올렸다.

"이제 자네를 죽일 이가 누군지 알았을 테니, 이만 죽게나!"

그것은 유철산이 내리는 일종의 선고였다.

우우웅—!

약속된 언어와 함께 다시금 폭발적인 기운을 뿜어내기 시작한 철검.

이번에는 억누르지 않았다.

최대한 뻗어 나오는 기운을 이용해 유철산은 묵현을 향해 이십사수 황매검을 펼치기 시작했다.

절정에 이른 화산의 검수가 펼치는 이십사수 황매검은 무섭다.

단순히 무섭다는 정도가 아니라 그것을 맞이해야 할 이

는 최악의 상대를 골랐다고 봐도 무방했다.

그만큼 화산의 검학은 신묘하다.

분분히 날리는 매화를 보고 깨달음을 얻어 만들어졌다는 매화검.

어찌 한낱 사람이 바람에 날리는 무수히 다양하고 변화막측한 움직임을 일 검에 담을 수 있으랴.

화산이기에 가능한 절학이다.

극성의 변과 환.

일 검에 숨겨진 수많은 변화.

게다가 검향이라 표현되는 화산 독문의 매화 향.

감각을 마비시키고 상대의 눈을 현혹시키는 절대의 검학.

매화를 너무도 사랑했던 화산의 도인들이 만들어 낸 이 치명적 검공이 유철산의 손을 빌려 절정의 모습을 뿜어내기 시작했다.

화산의 검에서 나서 화산의 품에 돌아가지 못한 그의 검, 황매검.

오롯이 세상을 점하고 공간을 지배한다.

진하게 익은 누런 매실의 향이 사방에 휘몰아치고, 흩날리던 매화가 분연히 일어나 묵현에게 쏘아지니, 이 하나의 공격에 화산의 정수가 담겨 있었다.

매화낙락.

유철산이 무수히 많은 세월을 참오하며 깨달음을 얻고자

노력했던 하나의 화두.

창생과 소멸의 교차.

과실을 맺기 위해 스스로 명멸해 버린 매화의 마지막 움직임.

그것은 묵현에게 죽음을 선고하고도 남을 절예였다.

알싸한 매실의 향에 숨겨진 치명적 독니는 화려하고도 위험했다.

스르릉, 스르릉.

귓가를 맴도는 기이한 소성까지.

무엇 하나 묵현에게 좋을 것 하나 없는 상황이었다.

허와 실, 존재하는 것과 존재하지 않는 것, 서로가 교차하는 이 절대적 환상의 늪은 결코 깨지지 않을 견고한 성과도 같았다.

하나 묵현은 초조해하지 않았다.

기의 실체를 좇는 절대 부동지안의 힘 역시 유구한 세월 동안 호천묵가의 역사가 배출한 수많은 천재들에 의해 갈고닦아진 절예였다.

묵혈지안의 정명한 눈으로 바라본 세상은 결코 매화가 흩날리는 환상이 아니었다.

탁! 탁! 탁!

가슴 쩌릿할 정도로 무시무시한 예기의 폭풍 앞에서 묵현은 조금씩 신형의 움직임에 변화를 주기 시작했다.

바닥을 내딛는 방향이 바뀌고, 신형의 그림자가 공간을 수놓는다.

절정에 이른 묵룡보의 움직임.

변화가 중첩되고, 일전에 청해혈마와의 격전에서 얻은 깨달음이 하나의 계기를 마련하니, 다변은 곧 무변이리라.

스륵스륵.

신형은 잘게 쪼개지고 분열하고, 묵현의 손에 들린 묵검은 예의 거무튀튀한 빛으로 유철산이 남긴 화려한 매화의 그림자를 뒤덮었다.

변과 환의 교차가 만들어 내는 화산의 검학.

묵현은 절대적인 검세에 같은 화두로 맞설 생각은 없었다.

깨달음을 얻었으나 그것 역시 완전하지 않으니 이럴 때는 차라리 자신이 가장 자신 있는 것으로 상대하는 것이 옳다.

묵혈위사의 역사가 만들어 낸 다양한 검의 해석.

평범함 묵룡검이 곧 묵혈검이 되고, 묵혈검이 곧 최강의 창이 될지니.

묵현의 손에서 노닐던 검이 핑그르 돌면서 권사가 만들어 내는 전사경과도 같은 움직임을 만들어 내니, 그것이 곧 묵룡군림이라!

묵빛의 용이 세상에 강림하여 크게 용틀임을 하니 어찌 두렵지 않을쏜가!

우르릉.

번쩍이는 묵빛 뇌전!

묵현의 손이 허공을 내젓고 검이 공간을 찌른다.

쾌!

그 하나의 화두만으로 절대의 검예가 되었으니.

"쿨럭!"

유철산의 입에서 검붉은 피가 토해졌고, 이어 커다란 충격음이 뒤를 따랐다.

쾅!

일 수에 알싸한 매화 향은 바람에 씻긴 듯 사라졌고,

쫘광!

두 번째 움직임에 잔영을 그리며 피어나던 매화의 그림자가 깨어졌으며,

쩌저적―!

세 번째 검격의 충돌은 한계 이상의 힘을 끌어내던 유철산의 철검을 부셔 버렸다.

"커어억!"

동시에 이어진 네 번째 묵현의 움직임은 유철산의 가슴을 베어 내며 끝을 맺었다.

유철산의 상처는 누가 봐도 당장이라도 죽음을 맞이할

정도로 심각했다.

묵현이 상대가 홍수의 일원임을 알고 과하게 손을 쓴 탓에 대라 신선이 와도 유철산을 구할 수는 없을 것이다.

하나 유철산은 그럼에도 여전히 현현한 기색을 버리지 않았다.

아니 오히려 모든 짐을 벗어던진 듯 한결 편안한 표정을 지으며 얼굴에 빙그레 미소를 그려 냈다.

죽음의 고통 앞에서 너무도 의연했다.

"허허, 즐거운 경험이었네."

그리고 가만히 묵현을 향해 읍하면서 눈을 감았다.

팟!

이어 유철산의 목에서도 얇은 실핏줄이 터지며 피가 뿜어졌다.

승부를 가르고, 유철산 그가 죽을 때까지의 순간은 찰나였다.

언제나 그렇듯 생과 사의 간극은 무척이나 가까웠다.

승자와 패자, 앞에 드리우는 피의 무게.

그래서였을까?

묵현의 표정은 좋지 못했다.

"최고였소."

죽음의 순간에서도 너무도 편안했던 상대의 반응이 못내 찜찜함을 털어 버리지 못하게 했다.

지금까지 단 한 번도 누군가를 베어 내는 데 망설이지 않았던 묵현이었지만 이번에는 어쩔 수 없었다.

유철산의 마지막 미소가 자꾸만 마음을 묵직하게 만들었다.

"젠장!"

결국 평소라면 절대하지 않았을 욕이 치밀어 올랐다.

차라리 피가 튀고 생사의 간극을 넘나들며 보다 치열하게 상대와 맞붙었다면 마음이라도 편했을 텐데.

"후우."

그래도 더 이상 감상에 젖어 드는 것은 금물이다.

곧 있을 싸움을 생각해서라도 냉정해야 했다.

스르릉— 탁!

묵현은 검을 휘저어 상대의 피를 털어 내 갈무리한 다음 예의 무심함을 찾았다.

묵혈지공의 효용 덕분이다.

"칠성회……."

이 모든 불행의 씨앗.

구류십가, 저주받은 운명들.

하나 용서할 수는 없다!

묵현은 어둠 속에서 지금까지의 상황을 조종했을 누군가를 향해 거칠게 이를 드러내며 신형을 움직이기 시작했다.

이제 곧, 곧 복수의 첫 단추를 꿸 때였다.

"조하숭!"

그리고…….

북천의 입구에 도착하며 내지른 그의 외침!

후일 북천혈사라 불리게 될 전쟁은 그렇게 문을 열었다.

第五章

북천혈사(北天血事) 上

북천성.

당금 강호를 주름잡는 네 개의 거대한 흐름 중 하나인 이곳에 과연 어느 누가 당당히 쳐들어올 수 있을까.

제아무리 용기 있는 자라 해도 그런 행동을 할 수 있는 이는 없다.

그만큼 북천의 위세는 절대적이라 봐도 무방할 정도였고, 북천의 힘은 겨우 개인이 좌지우지할 수 있는 것이 아니었다.

이른바 성역이라 봐도 무리가 없는 것이 북천의 본전이다.

그런데 그런 성역에 한 마리 야수가 침입했다.

"조하승!"

갑자기 밤을 깨우는 거친 음색과 함께 이어진 거대한 폭음!

콰콰쾅!

그것은 지금까지 깨어진 적 없던 북천의 정문이 박살 나는 소리였다.

삐이익—.

곧이어 이어진 호각 소리.

이때까지만 해도 단순히 어느 정신 나간 자의 난동이라 생각했다.

대다수 북천의 무인들이 그리 생각했던 건, 설마하니 누군가가 북천의 정문을 부술까 싶었기 때문이다.

하나 잠시 뒤 연이어 터진 다급한 호각 소리와 사방에서 진동하는 커다란 폭음까지.

그제야 북천의 무사들 역시 상황이 심상치 않다 생각했고 서둘러 소리의 진원지로 몸을 날렸다.

"세, 세상에……!"

"히, 히익!"

"이, 이럴 수가! 이건 대체……!"

그들의 반응은 다들 한결같았다.

차마 믿을 수 없다는 듯 눈을 연신 비벼 대는 이부터, 제자리에 주저앉아 자신이 꿈을 꾸고 있는 것은 아닌지 허둥

대는 이까지.

그만큼 눈앞에 벌어진 사건은 단순한 사고가 아니었다.

"끄으응."

"아이고."

주변에 널브러진 무사들의 신음 소리와 여기저기 제 모습을 찾아내기 어렵게 되어 버린 정문까지. 무엇 하나 현실적인 광경은 없었다.

그리고 자리 위에 오롯이 서서 무사들을 맞이하고 있는 한 마리 야수!

"어, 어떻게 당, 당신이!"

그를 맞이한 무사들은 다들 이 믿기지 않는 현실을 받아들이지 못했다.

"오 맙소사! 이건 꿈이야! 꿈!"

하나 무사들도 언제까지 현실을 외면할 수는 없는 법, 다들 사력을 다해 충격적인 침입을 감행한 상대를 향해 검을 들었다.

물론 그들의 무위로 상대를 막는다는 것은 불가능했지만 그렇게라도 발을 묶기 위해서였다.

그것이 명가의 자존심이다.

물론 처음에야 약간의 방심으로 치욕을 당했지만 상대가 무인지경으로 휩쓸고 다니게 놔둘 수는 없다.

힘이 부족한 것은 핑계다.

막겠다는 의지로 몸을 던져서라도 상대의 걸음을 멈추게 하는 것. 바로 그것이 수문 위사들의 마지막 자존심이었다.

하나 그런 그들의 처절한 노력에도 불구하고 상대는 여전히 거침없었다.

"멈춰라!"

그러나 목숨을 도외시한 채 몸을 던진 노력이 결코 헛것은 아니었다.

어느새 변고를 접한 고수들이 드디어 몸을 드러낸 것이다.

"학, 학."

"아이고 나 죽네."

"으아아아."

그제야 긴장이 풀린 무사들이 제자리에 주저앉으며 고통을 호소했다.

어떤 이는 재빨리 전권에서 벗어나 자신의 가슴을 쓸어내렸다.

사실 상대가 독한 마음을 먹었으면 이 자리에서 살아남아 있을 사람은 단 하나도 없었다.

그나마 상대가 손속에 사정을 둬서 이렇게 고통을 호소하는 호사도 누리고 있는 것이다.

다들 그것을 알았기에 고수가 오자마자 최대한 빠르게 전권에서 벗어나기 위해 몸을 뒤로 쭉 뺐다.

우우웅―!

그 자리를 대신한 고수들의 눈빛은 당장이라도 상대를 천참만륙할 정도로 험악했다. 그리고 저마다 공격을 준비하며 주변의 기운이 요동치기 시작했다. 그만큼 이들 고수들이 느끼는 적의는 분명하고도 컸다.

"헉!"

"어찌 저것이!"

그러다 상대가 품에서 꺼낸 하얀 패를 보는 순간 다들 경악을 금치 못했다.

북천령!

북천성주 휘하의 누구도 거역하지 못할 절대 영패의 등장이었다.

이윽고 열려진 상대의 입에서 터져 나온 거친 일갈!

"꿇어라!"

상대가 북천령을 꺼낸 이상, 이 자리에서 그것을 거부할 수 있는 이는 아무도 없었다.

쿵!

순식간에 장내를 가득 매운 무사들이 일제히 포권을 하며 무릎을 꿇었다.

"북천령주를 맞이합니다!"

절도 있는 무사들의 목소리.

처음 받을 때는 사용할 일이 없을 거라 생각했던 북천령을 꺼낸 묵현은 그 모습에 전율을 느꼈다.

과연 이들이야말로 북천성의 진정한 힘이었다.

그만큼 여기 모인 무사들의 기세는 무시할 만한 수준이 아니었다.

물론 그렇다고 묵현 자신에게 위협적인 정도는 아니지만 말이다.

'흠, 이 정도면 조하숭 그놈 주위에 암류가 죄다 모여 있겠지?'

사실 묵현이 이렇게 소동을 피운 이유는 옥석을 가리고자 함이었다.

그리고 묵현이 생각하기에 이 정도 소동이면 조하숭에게 소식이 전해졌을 것이고, 군영각에는 무수히 많은 암류, 아니 칠성회의 회원들이 포진해서 자신을 기다리고 있을 것이다.

그 정도면 북천령을 뒤늦게 사용한 수고로는 충분했다.

"비켜라."

묵현은 무릎을 꿇은 무사들의 숲을 지나 천천히 걸었다.

그리고 그 뒤를 무릎을 꿇었던 무사들이 따랐다.

척, 척, 척.

얼핏 보면 묵현의 주도하에 무사들이 움직이는 것처럼 보였지만 속내는 달랐다.

아직 채 분을 이기지 못한 무사들이 묵현의 뒤를 쫓고 있는 것이다.

 대체 무슨 이유로 이런 소동을 일으켰는지, 진실을 알고자 하는 것이 무사들의 생각이다.

 그리고 그 자리에는 처음 묵현과 마주했던 외당 칠십이조 조장, 철웅검 나용진도 포함되어 있었다.

 '제법 따갑군.'

 묵현 역시 걸으면서 자신의 뒤를 노려보는 시선을 느끼고 있었다.

 하나 그것을 어찌하지는 않았다.

 자신이라 해도 충분히 그랬을 것이기 때문이다.

 그리고 중요한 것은 조하승의 제거였지, 북천의 무사들을 일일이 상대하는 것이 아니었다.

 하나 그렇다고 계속 이들을 끌고 갈 생각은 없었다.

 자칫 잘못하면 자신과 칠성회의 싸움에 휘말려 피를 볼 수도 있으니 말이다.

 척.

 이윽고 묵현이 생각하는 군영각의 권역에 다가서자 손을 들어 올렸다.

 "지금부터 혼자 간다. 이는 북천령으로 내리는 명이다!"

 무사들은 명에 멈칫거렸지만, 누군가 승복하기 어려운지 용기를 내어 목소리를 높였다.

 "부당합니다. 이유를 말씀해 주십시오!"

사실이 그랬다.

다짜고짜 성의 정문을 부수고 들어온 묵현은 지금까지 자세한 사정에 대한 아무런 설명도 하지 않았다.

이 상태로는 도저히 물러날 수 없었다. 대체 어떤 이유로 이런 행동을 했는지, 그것이 설령 북천령의 주인이라 해도 이유를 알아야 했다.

대다수 무인의 생각은 그러했다. 스스로를 용납하기 위함이다.

"배신자를 처단하는 길이다. 하나 개입은 금한다!"

그런 무사들을 위해 묵현은 간단히 앞으로 자신이 할 일을 말해 주었다.

"그, 그런!"

누군가 묵현의 말에 믿기지 않는다는 표정을 지었지만, 그것으로 끝이었다.

이내 묵현이 손을 저으며 다시 말했기 때문이다.

"그만! 더 이상의 질문은 북천령의 권위를 거부하는 것으로 여겨 즉참하겠다!"

이는 일반 무사들의 개입을 막기 위한 묵현의 고육지책이었다.

사실 묵광으로까지 이름난 묵현이 이렇게 행동하는 것은 전혀 어울리지 않았다.

다만 이번 일에 최대한 적을 만들지 않기 위해 하는 짓이었다.
 칠성회.
 유림을 통해 알게 된 그들의 세력은 섣불리 건드릴 수 있는 것이 아니었다.
 어쩌면 강호 전체와 싸워야 할지도 몰랐다.
 그런 상황에서까지 자신의 성격 그대로 일을 벌일 정도로 막무가내이지는 않았다.
 베어야 할 자는 반드시 베어 버리는 게 묵현이지만, 앞으로의 묵가의 행보를 위해서도 신중히 할 필요가 있었다.
 그래서 일부러 입을 열어 설명한 것이지 아니었으면 그대로 혼자 적을 향해 무력을 투사했을 것이다. 그것이 묵현의 방식이고 더 편하기도 했고 말이다.
 그래서인지 묵현의 머리는 복잡했다.
 그것이 유철산과의 결투가 낳은 후유증인지, 아니면 그간 겪어 온 수많은 사람들 때문인지는 모르겠다.
 하지만 이제 과거의 묵광은 존재하지 않는다.
 철저히 자신이 믿는 바를 행하는 자가 과거의 묵광 묵현이었다면 앞으로는 조금 다를 것이다.
 자신이 믿는 바를 남에게도 주지시킬 수 있는 자가 되어야 했다. 흉수의 정체와 그들의 규모, 그리고 앞으로 어떻게 묵가를 이끌고 가야 할지에 대한 생각까지 많은 부분의 고민이 있었다.

한 사람이 성장하는 데 있어 가장 중요한 것은 무엇일까?

깨달음? 상처? 의지?

아니다.

그것은 자신이 주어진 위치에 대한 자각이리라.

누구나 처한 상황이 다르고 상황에 따라 요구하는 바가 다르다.

묵현은 유철산과의 결투 후 이곳 북천성으로 들어서기까지 걸어온 길에서 그것을 느꼈고 생각했다.

무엇이 필요하고 무엇이 옳은 것인가.

정해진 답은 없지만 어렴풋이 이럴 것이라고 생각하는 길은 있다.

묵현은 안에서 하나의 답을 만들었다.

자신의 아버지였던 묵풍검 묵청빈이 보여 주었던 삶.

묵교의 거자로 살아간다는 것의 의미.

살아 남은 묵룡위의 안위.

어느 것 하나 가벼운 것은 없다.

결국 그런 생각과 고민들이 묵현에게 과거와는 다른 조금은 품성을 가져다주었다.

그것은 새로 만들어진 것이 아니다.

존재했으나 그간 표현이 어색해 묻혔던 묵현의 감정, 생각, 의지.

사람들은 말하지 않으면 모른다.

표현하지 않고서 상대가 이해하길 바라는 것은 무리다.

진정 자신이 옳다면 상대를 넉넉한 품에 안을 줄도 알아야 하는 법이다.

결론적으로 수많은 생각과 고민은 묵현을 바꿨다.

그것이 성숙이라는 의미라면 묵현은 성숙해졌다.

하나 그렇다고 근본이 바뀐 것은 아닌지라 아직은 어색했다.

묵현이야 나름 충분히 배려한 것이지만 그의 말에는 아직 잔뜩 날이 서 있다.

그 날카로움에 뒤에서 따라오던 무사들이 주춤했다.

묵현의 말이 주는 무게와 진실은 그다음이다.

무사들은 뭔가 잔뜩 분한 표정으로 몇 번 어깨를 들썩였지만 곧 잠잠해졌다.

아무리 억울하고 화가 나도 북천의 사람이라면 반드시 지켜야 할 북천령주의 명이기에 무사들은 결국 걸음을 멈췄다.

그렇다고 물러서지는 않았다.

오히려 묵현의 뒤를 감싸는 형태로 일대를 완전히 둘러쌌다.

행여나 있을 도주자를 막기 위함이다.

'과연이라고 해야 하나?'

묵현은 그런 무사들의 움직임에 새삼 북천의 강대함을 다시 인식하게 되었다.

묵현은 그런 무사들의 모습을 일별하고 천천히 목표인 군영각을 향해 걸음을 옮기기 시작했다.

군영각.

북천을 지배하는 또 하나의 거대한 흐름.

지금껏 북천이 성장할 수 있었던 데에는 이 군영각의 힘이 크게 반영되었음을 모르는 이가 없다.

그만큼 군영각은 북천성을 이루는 큰 기둥 중 하나였다.

수많은 귀계와 책략, 고도로 계산된 다양한 전술까지, 군영각에서 나오는 것들은 어느 하나 평범한 것이 없었다.

군사 신모중이 자신이 스스로 말하기를, 자신이 십이라면 군영각이 백이라고 칭할 정도로 군영각의 두뇌들은 부군사 조하숭을 필두로 지금껏 수많은 암투의 중심에 서 있었다.

그런 그들에게 처음 소식이 들어온 것은 막 묵현이 북천성에 접근을 시작할 때였다.

이미 그때부터 군영각은 전시체제에 들어가 앞으로의 일에 대한 다양한 예측이 이뤄지고 있었다.

그 중심에는 부군사 조하숭이 존재했다.

조하숭은 묵현이 자신을 노리고 쳐들어온 시점부터 북천

성 내에서의 모든 것을 포기했다.

아니 정확히는 더 이상 가면을 쓰지 않았다.

어차피 정체가 드러난 이상, 그것을 숨기려 급급하기보다는 최대한 빨리 사태를 수습하는 것, 그것이야말로 진정한 책사의 역량이라 생각했다.

조하승은 이참에 직접 몸을 드러내 대놓고 움직이리라 마음먹었다.

패천진가의 성향상 그런다고 하더라도 이쪽의 힘이 만만찮음을 안다면 쉽게 도발하지 않을 것이 분명했다.

아니 오히려 강함을 인정할 것이다.

그게 패천진가의 속성이라 할 수 있다.

그렇다면 해결책은 쉽게 나온다.

묵현의 제거!

그 누구도 하지 못했던 묵혈위사를 직접 제거하는 일이다.

조하승은 충분히 가능성이 있다고 판단했다.

묵룡위사가 제 아무리 대단하다 해도 그것은 결국 역사 속에서의 전설일 뿐이었다. 시대가 다르고 자신들이 지닌바 힘 역시 과거와 현재를 비교해도 현재가 월등하다.

게다가 고래로 개인이 집단의 힘을 이겨 낸 적은 없었다. 저 시대를 떨쳐 울리던 초패왕 항우 역시 집단의 힘에 결국 역사의 뒤안길로 사리지지 않았던가.

조하승 역시 과거였다면 제거에 망설였을 것이다.

하나 지금은 아니었다. 이미 북천성을 손에 넣기 위해 준비했던 힘이 온전히 남아 있었고, 무엇보다 이곳 군영각의 수많은 두뇌들이 북천성이 아닌 회를 선택했다.

물론 그것을 위해 몇 가지 방책이 필요했지만 이제 모든 준비가 끝나 있었다.

사람들은 모른다.

군영각이 가지는 거대한 힘을.

단 한 명이라도 당장 밖에 나서면 세상을 바꿀 힘이 있는 뛰어난 책사들.

그들의 머리가 만들어 내는 귀계.

과연 누가 그것을 예측할 수 있을까?

북천의 총사 현기서생 상도명이라고 해도 그것은 불가능하다.

아니 무림삼현 전부와 붙어도 절대 무너지지 않을 견고한 철옹성이 바로 군영각이었다.

조하승은 그런 군영각의 힘을 믿었다.

그리고 회에서 지원해 준 수많은 무인들이 이곳 군영각 지척에 은신해 있는 마당이니 더더욱 자신의 승리를 확신했다.

그렇다고 상대를 기다려 줄 아량은 없었다.

책략의 기본이 무엇이던가.

아군의 피해를 최소화하고 상대의 피해를 지속적으로 유도해, 결국 이기는 것이 아니던가.

"풍에게서 온 전언은?"

게다가 이쪽은 상대가 알지 못하는 패가 하나 있었다.

회의 잡가에서 수많은 지식을 섭렵하여 만들어 낸 은신비예 은형살.

잡가, 혹은 통천손가.

손가에는 딱히 하나의 지식만이 존재하지 않는다.

아니 애초 그들 스스로 고유한 사상을 지니기보다는 상대의 장점을 취하는 데 전혀 꺼리지 않았다. 그런 그들의 지식은 누대를 거치며 점점 방대해졌고 점차 하나의 체계를 잡아갔다. 그렇게 만들어진 것 중 하나가 바로 은신비예 은형살이다.

누대를 거쳐 분석하고 조합하며 수많은 살문의 절학을 파고들어 만들어 낸 하나의 비예.

풍은 그런 은형살을 익힌 자 중 최고였다.

그런 그가 묵현을 감시하고 있었다.

상대는 자신들의 움직임을 모르나, 이쪽은 낱낱이 살핀다는 것이 지니는 의미는 크다.

적절히 상대의 움직임을 막을 몇 가지 장치만으로도 충분히 피해를 강요할 수 있기 때문이다.

조하승이 자신만만한 데는 다 이유가 있는 것이다.

"북천성 수문 위사들과 드잡이질 중이라고 합니다."

수하의 책사 중 하나가 조용히 대답했다.

"그가 그러는 이유는 무엇이라 생각하지?"

조하승은 느긋한 표정을 지으며 물었다.

어차피 답은 나와 있다.

그리고 이 자리에 있는 사람들 중 어느 누구 하나 상대의 의중을 모를 이는 없다.

이 자리는 그런 상대의 의중을 확인하는 자리이지, 알아보는 자리가 아니었다.

그러니 일종의 요식행위와 같다고 봐야 했다.

"책사들의 분석으로는 우리를 한쪽으로 몰려는 행동으로 보입니다."

"훗! 나름 머리를 쓰긴 쓴다는 말이군. 그렇다면 상대할 방책은?"

"이미 그자가 올 길목에 멸천십이관을 설치해 두었습니다."

"멸천십이관을?"

조하승의 눈이 살짝 커졌다.

그도 그럴 것이 멸천십이관은 단순한 기관이 아니었다.

하늘을 멸하는 열두 개의 관문.

이는 과거에 군영각 책사들 사이에서 절대 고수를 잡기 위한 방책을 논의하던 과정에서 나온 기관의 이름이다.

이론적으로는 체계가 성립되었지만 그때 논의한 이후 몇 가지 문제로 파기된 계책이었다.

조하승은 그것을 설치했다는 데 놀람을 표했다.

자신 역시 그때 논의 석상에 있었고, 무엇이 문제인지 잘 알고 있었다.

그중 하나가 만드는 데 들어가는 비용이 과하다는 점이었고, 또 하나 결정적인 결점은 멸천십이관으로도 절대 고수를 잡기에는 무리라는 예측이 나왔기 때문이다.

그렇다고 그것이 쓸모없는 것은 아니었다.

분명 논의된 기관들은 기존에 보기 힘들었던 사상으로 만들어졌던 것이고, 또 충분한 살상력을 지니고 있다 봐야 했다.

하나 조하승이 생각하기에 묵현에게 그것을 적용하는 것은 불필요해 보였다.

그래서 자연 물어보는 말꼬리가 높아졌다.

"예, 그자라면 능히 돌파할 것이 분명하지만 그것만으로도 충분히 상대를 지치게 할 수 있다 판단되어 설치하였습니다. 그리고……."

책사는 그런 조하승의 물음이 무엇을 뜻하는지 알고 있었기에 평온한 신색으로 말을 이어 갔다.

"……풍에게서 부탁한 부분 역시 혼란한 상황을 위해서는 멸천십이관이 제격이라 생각했습니다."

"흠, 어디 그럼 묵혈위사의 이름값이 얼마나 대단한지 볼까?"

그제야 조하승은 예의 느긋한 표정을 지으며 눈을 감았다. 앞으로 있을 상대와의 격전을 생각하기 위한 일종의 의식과도 같은 행동이었다.

이제 남은 것은 묵현, 그자와의 격돌이다.

스르륵.

바람에 몸을 실으며 풍의 눈빛은 진해졌다.

'묵현……'

묵광 묵현, 드디어 원한을 갚을 때가 왔다.

과거 남황맹에서의 일, 아마 묵현은 모르겠지만 풍은 그날의 일을 잊지 못한다.

'누이……'

어둠에서 살아야 했기에 지금까지 단 한 번도 자신의 내심을 누군가에게 밝힌 적은 없었다.

그렇다고 육친의 정마저 잊을 수 있으랴.

통천손가에 의해 발탁되고 어둠에서 암약하는 살수로 키워지면서도 풍은 단 한 번도 자신의 가족을 잊은 적이 없었다.

아니 자신의 위치가 높아질수록 가족들이 더 잘살 수 있으리라 생각했다.

그런 풍의 작은 소망은 묵현에 의해서 철저히 부셔졌다.
풍이 기억하는 자신의 누이는 참으로 고운 사람이었다.
누가 봐도 한눈에 반할 정도로 아름다운 여인.
그랬기에 회에서도 그런 자신의 누이를 남황맹으로 보냈었다.
그때 풍은 회의 결정을 막고 싶었지만 힘이 부족했다.
그래서, 그래서……

"크흑!"

누이가 회에서 내린 임무를 안전히 완수할 수 있기를 빌고, 또 빌었다.
아니 처음으로 회가 내린 명을 거부했다.
누이의 안전을 위해 풍 스스로 남황맹으로 잠입을 결행했었다.
그런데 하필이면 그날 누이가 죽었다.
자신이 남황맹으로 침투해 들어간 그날, 하늘도 울고 자신도 울었다.
누구도 알지 못했다.
누이는 단 한 번도 실수하지 않았다.
아니 애초 회에서 명을 내렸으나 누이는 그것을 거절하고 있었다.
남황맹주 패황검 사도문.
누이는 그를 사랑하게 되어 버린 상태였다.

그래서 누이는 고민하고 있었다.

회의 지령과 자신의 사랑 사이에서 고민하던 누이를 벤 것이 묵현이었다.

묵광이라는 별호는 그때 만들어졌다.

세인들에게는 그때의 일이 술 한 잔에 곁들일 여흥거리일지 모르지만 풍에게 있어 그것을 절망이요 잊고 싶은 기억일 뿐이다.

그때부터 기다렸다.

언제고 자신의 두 손으로 묵현, 그자의 가슴에 칼을 꽂아 넣는 그날을 상상하고, 상상했다.

묵혈위사? 풍에게 그것은 전혀 고려의 대상이 아니다.

제 아무리 대단한 이라 하더라도 목이 베이고 나서 죽지 않을 사람은 없다.

스르륵.

그리고 자신 역시 그때와 다르다.

과거에는 무력하게 물러서야 했지만 지금은 아니다.

통천손가가 낳은 최강의 살수.

풍에게 지금은 힘이 있었다.

자신의 기척을 지우고 상대의 이목을 벗어나 한 번에 목숨을 끊을 살문의 기예가 풍의 전신에서 꿈틀대며 당장이라도 이를 드러내고 싶어 했다.

게다가 상황은 풍 자신이 원하는 대로 흘러갈 것이다.

이미 군영각 책사들에게서 연락이 왔다.
단 한 번!
한 번의 기회만 있으면 된다.
스르륵.
풍은 곧 있을 복수의 순간을 꿈꾸며 천천히 그림자에 스며들기 시작했다.

사람들 중에 그런 사람이 있다.
부러질지언정 구부러지지 않는 사람.
일견 고집불통으로 보일 수도 있지만 대개 이런 사람의 경우 의지가 남보다 더 굳건하다고 봐야 한다.
이런 이들은 때로는 눈앞에 위험이 있는 줄 알면서도 멈추지 않는다.
묵현도 이 부류에 속하는 사람이라 할 수 있었다.
만약 그렇지 않다면 북천성 내에서 이렇게 대놓고 일을 벌이지 않았을 것이다.
의도한 바가 있어 그랬다지만 남들이 볼 때는 무모한 행동이었다.
게다가 그리 꽉 막힌 이도 아닌데 굳이 이런 방식을 취한 것이니, 그를 아는 사람이라면 고개를 갸웃거릴 게 뻔했다.
묵현 역시 그것을 잘 알고 있었다.
하지만 이번에는 고집을 부렸다.

과거 남황맹에서 맹주가 아끼던 애첩을 베던 그날처럼.
굳게 다문 입매에서 그런 묵현의 결심이 느껴졌다.
하고자 하는 일은 반드시 한다!
다른 길이 있음을 알지만 굳이 돌아가지 않는다.
묵현은 일부러 더 거친 길로 들어선 것이다.
그들에게 보여 주고 싶어서다.
삼천현의 혈사를 일으킨 주역들.
칠성회라는 이름의 조직.
그들을 넘어 전 강호에 이르기까지 보여 주려고 무리했다.
묵가를 건드리면 어찌 될 것인지 본보기를 보인다.
일종의 경고!
그것은 지금까지 묵가가 걸었던 길과는 분명 달랐다.
하나 어떻게 보면 가장 효과적인 방법이기도 했다.
지금 이 자리에서 묵현의 등을 보고 있는 수많은 북천의 무사들의 눈빛이 그것을 말해 주고 있었다.
그들 무사들의 눈에 떠오른 감정은 일종의 경외감과 약간의 공포심이었다.
그만큼 이 자리에 서 있는 묵현의 거친 기세는 무척이나 인상적인 것이다.
묵현 역시 무사들의 시선을 느끼고 있었다.
그리고 그런 그들의 시선을 배웅 삼아 더욱 힘주어 걸었다.

바닥에 깊게 파이는 족적들.

저벅.

묵현, 그가 걸음을 옮기면, 순간 사위가 조용해졌다.

압도하는 기세 앞에 선 무사들은 분분히 고개를 숙이거나 돌렸다.

그만큼 묵현이 보이는 모습은 과거 묵혈위사들이 걸었던 길과 흡사했다.

묵가가 만들어 낸 최강의 창, 묵혈위사.

지금까지 존재하던 묵혈위사들 역시 과거 묵현과 같은 행보를 걸었다.

철저히 이를 드러내며 세상을 향해 포효하는 야수!

세상이 묵혈위사를 두려워하는 이유는 바로 그래서다.

우리를 벗어난 야수.

묵현은 자신도 의식하지 못한 채, 그런 거칠고 위험한 존재감을 뿜어냈다.

파방―!

그리고 무거워진 공기가 당장이라도 터질 것처럼 요동칠 때, 묵현의 신형이 앞으로 더욱 빨리 쏘아지기 시작했다.

팽팽히 당겨진 활시위를 떠난 살이 된 듯 묵현의 걸음은 거침없었다.

빠르게 지나가는 경물들 사이에서 그의 시선은 줄곧 한 곳에 집중되어 있었다.

군영각.

묵현, 그가 노리는 곳은 오직 한 곳이었다.

어차피 머리를 치면 나머지는 알아서 튀어나올 게 분명했다.

속전속결!

지금부터는 앞을 가로막는 모든 것은 베어 버릴 것이다.

충분히 상대를 자극했고, 이제부터는 모두 적이었다.

그렇게 한참 달려가던 묵현의 걸음이 멈춰진 것은 본능이었다.

찌릿.

피부가 저밀 정도로 날카로운 예기.

눈앞에 존재하는 전각군들.

"함정인가."

극성의 묵혈지안이 발동되며 전방의 허실이 눈에 들어온다.

앞을 막아선 건물들에는 무수히 많은 함정들이 존재할 것이 분명하다.

하나 그것이 두렵지는 않았다.

씨익.

평소 표정을 찾기 힘들던 냉막한 묵현의 얼굴에 미소가 그려졌다.

그것은 곧 있을 접전을 생각하며 흘리는 살소였다.

"조하승, 네 그릇이 겨우 이것인가."

묵현은 상대가 원하는 대로 힘으로 부셔 주리라 결심했다.

어차피 피한다고 피해질 성격도 아니었다.

군영각으로 가는 길은 이곳 하나. 그리고 함정이 설치된 곳 역시 이곳.

그렇다면 결론은 하나지 않은가.

저벅.

걸음을 옮기며 천천히 기운을 끌어올리기 시작했다.

절정에 이른 묵공의 쾌속한 흐름이 몸 안의 기운을 팽배해지게 만들었다.

저벅.

이제 겨우 첫걸음이다.

묵현은 자신이 너무 분노하지 않겠다고 다짐하고 또 다짐하며 걸었다.

지나친 분노는 허점을 만든다.

지금 맞이할 상대는 일체의 허점도 실수도 있어서는 안 된다.

상대는 이 거대한 북천성에서 부군사의 직위까지 오른 인물이다.

그 능력은 따로 표현하지 않아도 알 수 있다.

게다가 얼마나 많은 세력이 북천성 내에서 암약하고 있

을지 아무도 모른다.

　모든 것을 묵현 혼자 처리하기에는 무리인 상황이다.

　그럼에도 이렇게 나선 이유가 무엇이던가.

　아직도 잊을 수 없다.

　고통에 일그러진 얼굴들, 피에 젖어 죽어 간 사람들.

　저벅.

　묵현은 천천히 자신의 검을 뽑았다.

　검붉은 빛을 내는 묵검, 묵가의 증표.

　손에 쥐어진 이 단단한 검을 꾹 쥐었다.

　지금부터 자신이 휘두를 검은 단순한 칼부림이 아니다.

　비참하게 죽어 간 사람들에 대한 진혼가.

　"하압!"

　이윽고 기합이 터져 나왔고, 묵현은 처음부터 모든 힘을 쏟아부었다.

　그것은 묵빛의 강기!

　팡—!

　앞으로 쏘아진 묵현의 손에 들린 강기가 앞을 쓸었다.

　동시에 군영각까지 묵현이 가기 위해서는 반드시 지나쳐야 할 건물들이 강기에 부딪히며 폭음과 함께 일제히 폭발했다.

　콰광!

　동시에 기세 좋게 뛰어나간 묵현의 신형이 뒤로 튕겨졌다.

스윽.

그러나 묵현은 단지 입가에 묻은 피를 닦는 것으로 잠시 걸음을 지체했을 뿐 멈추지 않았다.

이 정도는 예상했던 바다.

모르고 당한 것도 아니고 알면서 부딪힌 것이니 물러설 일도 없다.

오히려 더욱 기세를 올렸다.

"마, 막아!"

"물! 물을 가져와!"

덕분에 죽어나는 것은 부서진 건물을 넋 놓고 보고 있던 무사들이다.

북천성이 생겨난 이후 이 같은 참사를 과연 생각이나 했겠는가.

폭발의 여파로 불타기 시작한 건물 앞에서 무사들은 불을 끄기에 여념이 없었다.

화광이 충천하고 매캐한 연기가 시야를 가릴 만큼 피어올랐다.

'조하승!'

묵현은 아비규환을 뚫고 화염의 숲을 지나 상대가 있을 군영각으로 계속 신형을 움직였다.

걸음마다 터지는 각종 함정과 암기 세례.

게다가 이어지는 살기 어린 암습.

스걱!

묵현은 모든 것을 일 검에 베어 버렸다.

과거 남황맹 때도 이랬다.

혼자서 전부를 상대하는 일은 묵현에게 그리 낯선 경험이 아니었다.

겨우 이 정도로 멈추기를 바랐다면 상대가 자신을 잘못 파악한 것이다.

묵현의 검은 멈추지 않고 움직였다.

스걱.

피가 튀고 얼룩이 벽을 장식했다.

바닥에 고인 피가 질척거렸고 상대의 발악 역시 거세졌다.

그러나 어느 것 하나 묵현의 걸음을 멈추게 할 것은 없었다.

오히려 이런 행위들 자체가 더더욱 묵현의 분노에 불을 지폈다. 자신의 걸음을 막아선 무리들을 베며 묵현의 살기는 더욱 커졌다.

게다가 군영각의 책사들이 예상했던 바와 달리 피로감을 전혀 느끼지 않고 있었다.

그렇게 묵현은 몰랐지만 과거 북천성에서 이론적으로 구상했던 절대 고수를 잡기 위한 멸천십이관은 처절하게 박살났다.

베고 또 베며 전진하던 묵현의 걸음이 멈춘 것은 그가 목적했던 군영각 앞에서다.
 묵현은 군영각 입구를 바라보며 잠시 호흡을 가다듬었다. 이제 곧 조하승의 목을 베어 버릴 상상을 하며 더더욱 거칠어진 기세를 뿜어내며 외쳤다.
 "조하승!"
 그것을 시작으로 묵현의 신형은 다시 쏘아졌다.

第六章

북천혈사(北天血事) 中

"흐음."

조하승은 가만히 감았던 눈을 뜨며 천천히 자리에서 일어났다.

"과연 묵혈위사인가."

과거 논의되었던 것보다 멸천십이관의 효용 가치는 형편없었다.

예상치에 근접하려면 지금쯤 한창 기관에 묶여 있어야 하는 게 당연했다.

하지만 책사들이 급하게 여기저기 뛰어다니며 외치는 소리는 달랐다.

이래서야 멸천십이관이라는 명칭이 어울리기나 할는지.

그만큼 묵현의 활약은 단지 듣는 것만으로도 대단했다.

명불허전이라 해야 할까.

인정할 것은 인정하는 게 낫다.

그만큼 상대의 역량이 출중하다는 말이니까.

오죽하면 평소 냉정하기로는 둘째 가라면 서러울 책사들이 기함을 토하며 이리도 급하게 움직이고 새로 예측하고 계산하려 들까.

하긴 묵혈위사라는 위명은 머리를 쓰는 책사들에게 있어 두려움 그 자체일 것이다.

그래서 더 호승심이 생겼다.

"그래야 잡을 맛이 나지."

혀로 입술을 핥으며 조하숭의 두 눈에 힘이 들어갔다.

어차피 이럴 것이라고 예상했던 바라 실망도 하지 않았다.

과감한 움직임과 지독한 끈질김, 그리고 뛰어난 무공.

역사가 기록하는 묵혈위사들의 특징들이 떠올랐다.

옛 선인들 중에 자신보다 뛰어난 이가 없지는 않았을 게다.

그런 그들조차 묵혈위사를 막지 못했다.

그 당시에는 묵혈위사의 무력에 맞설 수단 자체가 없었다는 소리다.

아무리 시대가 변했다고 하더라도 과거의 위명이 곧 허

명은 아닐 터, 이 정도도 예상 못 해서야 책사라고 불릴 자격조차 없다.

다만 생각했던 것 이상의 무위를 보여 주고 있어 그것에 살짝 놀랄 뿐이다.

하나 조하승에게는 묵현, 그를 잡을 수단이 준비되어 있었다.

멸천십이관은 단지 상대의 수준을 파악하기 위한 방도였을 뿐, 그 이상의 소용 가치를 처음부터 두지 않았었다.

진정한 책사라면 하나의 방도만 생각하지 않는다.

둘, 셋, 그 이상까지도 상황을 예상하고 그에 따른 방책을 마련해 놓는 게 바로 책사란 존재들이다.

조하승 역시 책사 중의 책사, 그런 그였기에 지금의 상황 역시 느긋하게 즐길 수 있는 것이기도 했다.

예상한 결과였고, 그에 따른 계책 역시 아무도 모르게 펼쳐지고 있었으니 두려울 것이 뭐가 있겠는가.

진정한 책사라면 어느 누구도 모르게 계책을 펼칠 줄 알아야 한다.

심지어 아군조차 눈치채지 못하게.

그리고 조하승은 진정한 책사였다.

지금의 위치까지 올라오기까지, 결코 쉽게 올라선 것이 아니었다.

천 리 밖에서 일어나는 일도 감지하고 예측하는 지혜.

대단한 책사라면 누구나 가지고 있다는 제삼의 눈을 조하승 역시 가지고 있었다.

그런 조하승이 보기에 묵현은 분명 무리하고 있었다.

다른 이에게야 멸천십이관을 돌파한 속도가 경이롭겠지만 그의 관점은 달랐다.

책사들이 느끼기에도 속도가 기함할 정도라면 뭔가 무리수가 존재할 게 분명했다.

제아무리 절대 고수라고 해도 상식을 넘어서는 것은 쉬운 일이 아니다.

게다가 멸천십이관 중 하나인 폭관(爆關).

이는 누구도 쉽게 돌파하기 어렵다.

그것은 이 폭관의 설계를 조하승 자신이 했기 때문에 잘 알고 있었다.

절대 고수에게 치명타를 줄 수는 없어도 일정 이상의 타격은 가능한 게 폭관의 존재다.

게다가 애초 그것을 노리고 폭관의 설계를 했었으니 묵현 역시 무사할 리 없다.

조하승이 최초 그것을 계획하고 설계했을 당시, 가상으로 상정한 상대가 북천주 혈천도제 진무광이다.

혈천도제 진무광이 누구던가.

세인들이 말하길 당대 천하제일인으로 꼽히는 인물이 아니던가.

게다가 패천진가의 혈영공은 가히 일절이라 할 수 있다.

그런 인물에게조차 피해를 강요할 수준으로 만들었는데, 그것을 묵현이 피할 수 있을까?

무리다.

무리라고 봐야 한다.

조하승 그가 생각하기에 묵현은 분명 무리수를 던진 셈이라 생각되었다.

그것은 단지 예측만이 아니었다.

몇몇 책사들이야 간과하고 넘어갔겠지만 조하승의 눈에는 피할 수 없는 증거 몇이 들어왔다.

보고를 통해 알려진 사실 하나.

폭관을 돌파하던 묵현의 신형이 뒤로 퉁겨졌다는 것과 그가 이후 입가에 머금은 피를 훔쳤다는 것까지 이 모든 게 말해 주는 것은 하나다.

묵현의 내부에 일정 부분 상처가 생겼다는 사실.

물론 정도가 경미했을지 모르지만 조하승에게는 그 정도 사실만으로도 충분했다.

남들에게는 말하지 않았지만 멸천십이관 독관에는 숨겨진 독니가 있다.

그것은 바로 폭발할 때 생겨나는 순수한 열기였다.

경지에 이른 무인들은 이 열기를 무시하고는 한다.

무슨 한서불침이니 어쩌니 하면서 열기의 침입이 이뤄지

지 않는다고 무인들은 생각한다.

하나 그것은 잘못된 생각이다.

세상에 있어 완벽하게 한서불침을 이루는 존재는 없다.

적어도 인간이라면 더더욱 그러하다.

다만 감각들을 조절하는데 좀 더 능해질 수 있을지 모르지만 말이다.

그래서 조하승은 이 열기를 상대를 노리는 또 다른 한 수로 생각했다.

무인들은 스스로 감각을 조절해 열기에 둔감해진다.

문제는 그것이 단지 감각상 느끼는 정도라는 사실이다.

스스로 인지하지 못하지만 그들의 육체는 감각과는 상관없이 열기에 노출된다.

그것도 고스란히 말이다.

그들 스스로 단련하여 강해진 육체 덕에 피해가 미미하고 또 빠르게 회복되기 때문에 지금까지 숱한 무인들이 이를 간과했지만 조하승은 그것을 역이용했다.

가랑비에 옷 젖는다는 말이 있다.

무인들은 스스로를 과신해서 이 열기에 의한 피해를 생각지 않겠지만 인간의 신체는 무척이나 정직하다. 피해가 누적되면 그것은 곧 상처가 된다.

게다가 열로 인한 피해는 단순히 상처만 가져오는 게 아니다.

계속적인 피해를 강요하면 할수록 인간의 신체는 치유를 위해 스스로 움직이고, 자신도 모르게 급속도로 피로감을 느끼게 된다.

오랜 세월 단련한 무인에게 있어 피로감이 무슨 대수이겠냐 생각할 수도 있지만 그렇지 않다.

오히려 그렇기 때문에 피로감은 중요하다.

순간을 가르고, 찰나의 순간 생과 사가 나뉘는 것이 바로 무인의 싸움이다.

그들에게는 미약한 틈이라도 크나큰 패인이 될 수 있는 것이다.

조하승이 노리는 바도 바로 이것이었다.

누적된 피해가 상처가 되었어도 스스로 인지하지 못하지만 움직임에 제약이 가는 상황과 또 급격하게 몰려올 피로감까지, 그것만으로도 충분히 상대를 제압할 수단이 된다.

게다가 그것만이 아닌 다른 의도도 숨어 있었다.

누적된 충격은 제아무리 대단한 무인이라도 내부에는 고스란히 상처로 남는다.

아무리 대단한 호신공이라 해도 그것을 피할 수는 없다.

이렇게 제이, 제삼으로 고려하고 생각한 조하승의 계책, 그것은 제아무리 묵혈위사라 해도 피할 수 없다.

군영각 입구에 설치된 폭관까지 통과할지는 모르지만 딱 거기까지다.

게다가 이쪽 역시 막강한 무력을 지니고 있었다.

회에서 지원해 준 무사들의 수준은 대단했다.

어디 그것만인가.

북천 내에서 자신이 끌어모은 무사들 역시 적지 않은 숫자다.

이 정도 패를 가지고 진다는 것 자체가 말이 안 되는 소리다.

설령 이것들 모두를 묵현, 그자가 이겨 낼 지 모른다 하더라도 마지막 한 수가 남아 있었다.

어둠 속에서 그의 목숨을 노리는 단 하나의 칼, 은형살의 모든 기예를 극성으로 익힌 풍의 존재라면 능히 묵혈위사의 신화에 종지부를 찍을 것이다.

거기다 군영각 내부에 설치된 무수히 많은 기관들까지.

더 생각해 봐도 모든 게 완벽했다.

"그럼 슬슬 잡으러 가 볼까?"

조하승은 그런 계산을 바탕으로 자신만만하게 걸음을 옮기기 시작했다.

*   *   *

세상에 완벽이란 존재하지 않는다.

그것은 무공에서도 마찬가지다.

완전무결하다 생각되는 무공 역시 단점이 존재하며, 또 언젠가 파훼법이 발견되기도 하는 게 그래서다.

호천묵가의 역사에 비해 묵혈위사가 배출된 수가 적다하지만 아직까지 명성을 누리고 있는 것은 바로 그러한 불완전함에 기인한다.

불완전하기에 묵교의 묵혈위사들은 각자 자신에 적합한 검에 대한 해석을 후대에 남겨 놓았다.

이는 묵혈위사 자신들이 스스로의 검법이 불완전함을 인지했기에 가능한 일이다.

그리고 항상 당대의 묵혈위사는 그런 선배 묵혈위사의 검학을 다 수습한 후 자신에 걸맞는 검예를 재창조하여 출도했었다.

바로 이것이 묵혈위사가 무섭도록 강한 이유라 할 수 있다.

같은 초식이되 다른 초식.

해석에 따라 달라지는 무수히 많은 검로들.

매번 묵혈위사의 특징이 다르다 보니 지금껏 수많은 이들이 과거의 기록에 비추어 대응법을 준비했다가 뜻을 이루지 못했었다.

물론 다른 전통 있는 문파 역시 누대에 걸쳐 무공을 발전시켜 왔다.

하지만 그들에게 있어 전통이란 곧 반드시 지켜야 할 어떤 규범으로 생각되어 원형의 보전이 우선시되었다.

묵혈위사는 이와 달리 기존에 있던 검법을 전통에 구애받지 않고 각자의 특성에 따라 재해석을 자유롭게 했다는 점이 큰 차이를 만든 것이다.

그러니 매번 등장하는 묵혈위사는 새롭고 새롭다.

어디 그것뿐이겠는가.

기본적으로 묵혈위사는 단순히 무공이 뛰어나다고 생겨나는 것이 아니다.

묵학도 천여 년의 세월 동안 단지 서른일곱이라는 숫자만 배출된 이유에는 그런 배경이 존재했다.

무공이 아닌 의지, 기예가 아닌 정신, 그리고 무엇보다 묵가의 무공에 대한 이해도.

이 모든 것이 갖춰지지 않으면 절대 묵혈위사가 될 수 없다.

묵혈위사라는 존재는 그야말로 묵가의 정수, 그 자체라고 해야 했다.

이는 몇 번을 거듭 강조해도 부족하지 않은 사실이다.

지난 세월 구류십가의 쟁투는 무수히 있어 왔고 때때로 묵가가 존망의 위기에 놓이기도 했었다.

그리고 그때마다 묵가는 묵혈위사를 배출함으로써 위기를 넘겨 왔었다.

그런데 여기에는 한 가지 숨겨진 사실이 있었다.

세인들에게 묵혈위사의 강력한 검술은 널리 알려졌지만, 정작 그들의 보신경에 관해서는 어떤 정보도 존재하지 않는다는 사실이다.

사실 묵혈위사의 과감하고 저돌적인 공격에는 뒤를 받쳐 줄 든든한 보신경이 존재하기 때문인데도 세인들은 그 점을 간과했다.

누대에 걸쳐 발전된 모습을 보였던 묵혈위사들은 무엇보다 이 보신경에 유독 신경을 썼고, 또 대를 거쳐 심혈을 기울여 발전시켜 왔다.

그도 그럴 수밖에 없었던 것이, 묵혈위사는 언제나 단 하나였다.

동시대에 둘이 존재한 적은 지금까지 단 한 번도 없었다.

게다가 묵혈위사가 등장했다는 말은, 다른 의미에서 일촉즉발의 위기 상황이라는 소리이기도 했다.

즉, 묵혈위사는 언제나 외로운 싸움에 임해야만 했다는 말이다.

그렇다 보니 자연 보신경에 대한 관심이 다른 이들보다 더 높을 수밖에 없었다.

온전한 전력이라고는 단 하나.

그 하나가 전부를 감당해야 되는 상황.

묵혈위사에게 그것은 곧 어떤 공격이든 든든히 막아 줄 방패의 필요성을 안겨 주었고 그렇게 발전한 비전 절예가 있었으니 그게 바로 묵룡간(墨龍干)이었다.

묵룡간.

세상 무엇보다 단단하기로 이름난 용의 비늘처럼 묵룡간은 견고함을 우선시했다.

절대 부서지지 않을 방패.

수많은 외문기공이 이를 위해 모여졌고, 소림의 금종조와 철포삼이 터를 닦았다.

하나 보신경이 보이는 한계 앞에서 묵혈위사들은 고심할 수밖에 없었다.

제 아무리 피륙이 단단해져도 내가기공에서 발현된 힘을 막기에는 역부족이었다.

이것은 거의 모든 외문기공의 한계이기도 했다.

오죽하면 이 한계를 넘어선 꿈의 경지를 가리켜 금강불괴라 이르겠는가.

그때부터 묵가의 움직임은, 아니 당대 묵혈위사가 은거하고 나면 하는 일이 바로 이 보신경의 확립과 발전이었고, 누대에 걸쳐 묵가 역사상 최고의 기재들이 한데 뭉쳤다. 성과 역시 시간의 흐름에 따라 점차 구체적으로 변모하기 시작했다.

그러면서 만들어진 것이 바로 묵룡간이다.

하나의 검법, 하나의 심공, 하나의 외문기공.

전혀 어울릴 것 같지 않은 세 요소가 오랜 세월의 노력

덕에 절묘하게 융합되어 묵룡간이라는 희대의 보신경을 만들어 냈다.

덕분에 기존 외문기공의 태생적 한계로 지적되는 내가기공에 대한 방비 역시 완전히 할 수 있었으며 외문기공 특성상 존재할 수밖에 없는 또 하나의 한계점인 조문 역시 해결할 수 있었다.

이는 대단한 성과였다.

조문.

외문기공의 특성이 무엇이던가.

끊임 없는 단련을 통한 강도의 극대화가 아니던가.

이때 각각의 외문기공은 문파 특유의 비전 약물을 통해 이 강도를 더욱 끌어올리는데, 그러다 보면 필연적으로 약물이 제대로 흡수되지 못하는 부분이 생기기 마련이다.

제 아무리 대단한 비전이라도 완벽은 없다.

그렇게 생겨나는 것이 조문이고, 외문기공의 약점 역시 이 조문을 발견하여 균형을 깨는 데 있다.

이처럼 오랜 세월 수련을 한다 해도 필연적인 한계와 약점은 어떻게 할 수 있는 것이 아니다.

그래서 외문기공이 내가기공에 비해 홀대를 받을 수밖에 없었던 것이다.

묵룡간은 그런 약점조차 극복한 궁극의 보신경이었으니, 그 대단함은 이루 말할 수 없었다.

하나 묵룡간은 그것에서 멈추지 않았다.

묵공이라는 오랜 세월 묵가와 함께한 끈끈한 진기의 흐름과 외문기공이 모여 만들어 낸 단단한 갑옷 아래 하나의 검법이 앞을 막아서는 것만으로도 대단했던 묵룡간은, 만들어진 이후 또다시 누대에 걸친 실전과 단련으로 더욱 가다듬어졌다.

구르는 돌에는 이끼가 끼지 않는다.

누대에 걸친 발전은 묵룡간을 진정한 의미에서의 최강의 방패로 만들어 주었다.

그리고 그 안에는 열기에 의한 침습 역시 포함되어 있었다.

과거 벽력자의 출도와 맞물렸던 한 묵혈위사에 의해 열기에 의한 침습과 그에 따른 다양한 증상들이 연구되었고, 이후 묵룡간은 이 부분까지도 막아 낼 수 있게 개량되고 발전되었다.

즉, 묵혈위사에게 있어 묵룡간이라는 희대의 보신경은 진정한 의미의 수화불침을 가능케 했다.

이는 당대 묵혈위사인 묵현에게도 동시에 적용되는 말이었다.

아니 과거에 비해 더욱 발전한 묵룡간은 누구도 눈치채지 못하게 묵현의 신체를 무엇보다 꼼꼼하게 방어하고 있었다.

콰광!

그렇다고 묵현이 모든 충격에 있어서 자유롭지는 않았다.

폭발 이후 만들어지는 후폭풍 앞에서는 약한 모습을 보였다.

이는 후폭풍의 여력을 억지로 버텨 내는 것보다 뒤로 퉁겨지는 것이 훨씬 더 효율적으로 힘을 분산하기 때문에 행하는 것이기도 했지만, 묵룡간이 충격파에 유독 약한 모습을 보이는 점도 있었다.

다른 부분의 보완을 거듭하다 보니 정작 힘의 여력을 고스란히 감당하는 데는 무리가 따랐던 것이다.

그래서 묵현은 이번에도 충격음을 뒤로하고 몸을 뒤로 퉁겼다.

덕분에 군영각을 돌파하는 일은 생각보다 많은 시간이 걸리고 있었다.

보보마다 함정이 터져 나가니 쉽게 지나칠 수가 없어서다.

게다가 폭발이 있기라도 하면 어김없이 신형이 뒤로 퉁겨져서 다시 왔던 곳까지 움직여야 했다.

어디 그것뿐인가.

거듭된 충격파는 몸 내부에 누적되어 피해를 강요했고, 묵현은 그때마다 각혈을 통해 이를 해소하는 방식을 취해야만 했다.

그렇지 않고서는 최대한 힘을 보전하는 데 무리가 있었다.

그러다 보니 내상을 입지는 않았지만 계속된 각혈로 살짝 어지럼증이 생겨났을 정도였다.

군영각을 하나씩 정복하며 올라서는 걸음은 쉽지 않았다.

그래도 아래층은 그나마 괜찮은 편이었다.

한 층, 한 층 위로 올라서다 보니 이번에는 단순히 함정만 존재하는 것이 아닌 고수들이 서서히 모습을 드러냈다.

이들은 군영각으로 돌진하며 만났던 무리와는 질적으로 차이가 났다.

스윽.

말 없이 검을 뽑아 겨누며 막아선 무사들의 기세는 하나의 거대한 검과도 같았다.

그들의 기백에서는 쉽사리 길을 비켜서지 않겠다는 각오가 느껴졌다.

게다가 무사들의 예기는 삼천현 혈사를 조사하며 묵현 자신이 느꼈던 그것과도 닮아 있었다.

으득.

묵현은 그래서 단순히 돌파만이 아닌 이들 전부의 몰살을 결심하게 되었다.

그것은 지금까지 돌파하며 최대한 빨리 조하숭의 목을

베어 버리겠다는 처음과 생각과는 조금 상반된 결심이었다.

그리고 그런 묵현의 결심은 행동의 변화를 가져왔다.

스릉.

묵현 역시 천천히 묵검을 뽑아 들며 상대를 향해 묵룡검의 기수식을 취했다.

지금까지, 아니 언제부터인지 취하지 않았던 기수식.

수많은 무인들은 기수식을 단순히 하나의 초식, 혹은 무공을 펼치는 준비 자세 정도로만 생각한다.

하나 이는 잘못된 편견이다.

적어도 묵혈위사의 가르침에서 보자면 그렇다.

기수식.

시작과 끝, 혹은 무공 전체를 관통하는 기본적인 움직임.

묵혈위사는 그래서 기수식을 중요하게 생각한다.

무공 자체를 가장 잘 표현하는 움직임이 기수식이다.

그렇기에 이 기수식을 얼마나 잘 이해하느냐에 따라 무공에 대한 이해 역시 달라질 수 있다.

진정한 고수라면 이 기수식에 능통해야 한다.

묵혈위사들은 그리 생각했다.

기수식에는 무수히 많은 의미와 정보가 담겨져 있다.

묵혈지안은 그러한 의미와 정보 들을 읽을 수 있게 해 준다.

절대의 부동지안만이 묵혈지안의 공능이 아닌 것이다.

그리고 묵룡검에 있어 최절초는 바로 이 기수식이라 할 수 있었다.

 호흡을 깊게 들이마시고 내쉬는 간극 사이.

 몸으로 표현하는 묵가 무학의 정수.

 남들, 아니 수많은 묵학도들도 이 묵룡검의 기수식이 지닌 의미를 몰랐다.

 아마 다른 대다수 무인들 역시 모를 것이다.

 그들 무공에서 진정 무서운 초식은 기수식임을.

 그렇기에 묵현이 기수식을 취했다는 의미는 그가 가진 전부를 걸겠다는 의미였다.

 지금까지 이곳으로 돌진해 오면서, 조하승을 제거하겠다 마음먹으면서도 그렇게 결심했지만, 지금은 결심이 보다 확고해진 것이다.

 어떠한 대화도 없이 자신의 앞을 막아선 무리들을 보는 순간부터 말이다.

 굳이 대화를 나눌 이유도 없었다.

 단지 그들이 내비친 기세, 그것으로 족했다.

 저들은 전부 칠성회, 자신의 부모를, 형제를, 친우를 무참히 살해한 살인자들이었다.

 찾고자 했을 때는 찾기 어려웠던 그들이 이 자리에 있다는 사실만으로도 충분히 묵현의 전의를 불태우게 해 주었다.

"칠성회인가?"

이어진 마지막 확인 절차.

챙!

앞을 막아선 무리들에게서 들어야했던 대답은 아직 병기를 뽑지 않고 있던 몇몇의 무사들까지 전부 병기를 뽑으며 뿜어낸 기세로 대신했다.

"그렇다면 죽어라."

그것으로 대화는 끝이었다.

상대에 대한 죽음의 선고.

묵현은 굳게 다물려진 입매를 비틀며 움직이기 시작했다.

절정에 이른 검수의 분노가 폭발했다.

상대를 죽이는 데는 특별한 초식이 필요 없다.

아니 정해진 투로 역시 생명을 담보로 한 전장에서는 의미가 없다.

죽고 죽인 뒤, 누군가는 살아남아 승자의 기쁨을 노래할 것이며, 누군가는 죽어 사라질 순간에 필요한 것은 다만 최선일 뿐이다.

모두 무인들은 이 범주에서 벗어날 수 없다.

무인.

무를 익히는 자, 강호를 살아가는 이들의 입장은 똑같다.

생명을 거는 순간부터 모두가 평등하다.

무인들은 오랜 세월, 아니 처음 무공을 접한 이후부터 무공을 갈고닦으며 오늘을 살아가는 존재들이다.

그런 그들이 적으로 돌아앉아 서로에게 이를 드러내며 마주한 순간, 무엇이 더 필요하랴.

아니 무엇을 고민하랴.

죽고 죽이는 순간, 그 찰나.

단 한 번의 움직임이 모든 것을 가른다.

지금까지 살아오며 익힌 모든 것이 그 한 번의 움직임에 담기는 것이다.

그러니 최선을 다하는 것뿐이다.

아니 최선을 다해야 한다.

그것이 바로 무인의 투쟁이요, 삶이다.

묵현과 무사들의 사이에서도 마찬가지다.

"컥!"

비명을 지르며 아직도 자신의 죽음을 인정하지 못하는 한 무사의 부릅뜬 눈.

스걱.

묵현은 단지 목을 다시 쳐 냄으로써 사자에 대한 예의를 대신했다.

원한으로 얼룩진 사이지만 이 순간만큼은 모든 것에서 자유롭다.

아니 다른 생각이 머리에 머물 틈이 없다.

짧은 시간 본능적으로 상대와 자신의 움직임을 계산해야

하며, 또 본능이 선택한 최적의 검로를 손으로 그려 내는 것만으로도 머리는 바쁘게 돌아간다.

저벅.

한 발짝 앞으로 성큼 디뎌진 디딤발.

파앙!

이어진 공기의 파동과 함께 터져 나오는 묵룡권의 권압.

붕권에서 기초를 이었다는 묵룡권의 거침없는 발경!

쩡!

상대의 검이 부딪히며 거친 쇳소리를 낸다.

그리고 권을 통해 전달된 힘의 여력이 상대의 손을 마비시켰다.

스걱.

묵현은 틈을 놓치지 않고 재빨리 또 한 번 검을 휘둘렀다.

피가 튀고 생이 스러지는 순간, 길게 호선을 그린 묵현의 신형이 또 다른 희생자를 찾아 번뜩였다.

무인지경!

누가 막을 수 있으랴.

거칠게 포효하는 묵룡의 분노!

그러나 칠성회의 무인들은 그런 묵현의 움직임에도 물러서지 않았다.

아니 오히려 더더욱 예기를 번뜩이며 한 번이라도 더 칼질을 하려 들었다.

치명타가 아니어도 된다.

지금 이 자리가 끝이 아니기에 자신들에게 맡겨진 역할은 단 하나였다.

그저 약간의 생채기라도 입히면 그것으로 족하다.

자신들의 역할은 딱 그 정도였으니 무엇을 망설이랴.

"큭!"

짧게 비틀리며 신음이 튀어나와도 검을 놓지 않았다.

"컥!"

죽음에 이르는 고통 속에서도 한 번이라도 더 상대를 공격하기 위해 몸을 움직였다.

"하앗!"

동료의 죽음 앞에서도 동요하지 않고 오직 상대만을 노렸다.

죽음의 광기가 사위에 무겁게 가라앉았다.

그 누구도 이 자리에서 살아남겠다는 생각을 하지 않았다.

씨익.

오히려 이 싸움을 즐기는 이조차 있었다.

무인으로 태어나 최강의 상대를 맞이해 최후를 맞이하는 것이니, 그것으로 충분한 무인의 삶이 아니던가.

길가에 스러져 생을 다하는 순간까지, 언제나 죽음과 함께해야 하는 것이 무인의 삶이라면, 이 순간 자신의 죽음을 결정했으니 무엇이 두려우랴.

 그런 무사들의 각오는 온전히 묵현의 검으로 전해졌다.

 타다다다당.

 거칠게 묵현의 검면을 두들기는 무사들의 일방적인 공격들, 그것은 생을 도외시한 치명적인 공격이었다.

 제아무리 묵현의 무위가 높다 해도 이런 일방적인 움직임 앞에서는 절대적 강함을 내세울 수 없었다.

 사람은 누구나 수많은 두려움을 내재하고 있다. 그중 죽음에 대한 두려움은 인간이 살아가면서 극복하기 힘든 두려움 중 하나라 할 수 있다.

 사실 대다수 무인들이 극복을 했다고 생각하기도 하지만 이는 사실이 아니다.

 죽음에 대한 두려움.

 무인들은 단지 이를 비껴 볼 수 있을 뿐이지 완전한 극복은 아니었다.

 스스로가 죽음에 몰리면 느껴지는 본능적인 두려움.

 그래서 죽음의 순간, 대다수 무인들의 움직임이 둔해지는 것이다.

 스스로의 죽음에 대한 두려움이 갑자기 치미는 순간, 긴장감이 근육을 경직시키기 때문이다.

그런데 그런 두려움조차 즐기며 몸을 던지는 무사들의 움직임은 한편의 아름다운 춤사위와도 같았다.

그리고 움직임의 끝에는 항상 그들의 죽음이 존재했다.

피가 튀고 목이 잘려도 멈추지 않는 무사들.

불을 향해 달려가는 부나방의 그것처럼 무모하지만 확실하게!

그러니 묵현의 신위가 크게 발휘되지 못했다.

아니 발휘되고 있지만 빛이 바랬다.

번쩍!

섬광이 터지고 쏘이지는 묵현의 검은 분명 위협적이고 효과적이다.

하나 그것마저도 감수한 무사들의 저돌적인 돌진 앞에서 묵현은 재빨리 자신의 검을 거둬야만 했다.

큰 공격은 반드시 공격 이후 허점을 만든다.

아니 모든 공격이 허점을 가진다.

동작이 시작되는 찰나, 누구나 조금씩은 균형을 잃는 게 당연하다.

애초 공격이라는 것 자체가 자신의 균형은 비틀어 얻어지는 힘을 이용하기 때문에 공격이 실패하면 허점이 뒤를 따르는 것이다.

그러니 묵현의 입장에서는 큰 초식은 사용할 수 없었다.

틈이 생기면 비집고 들어오는 무사들의 미친 공격!

하나 묵현 역시 물러설 수 없는 입장이니 하나씩 차근차근 수를 지워 가며 전진할 뿐이었다.

스걱.

이제 검면에 붙은 핏덩이를 털어 낼 시간도 없다.

그저 베고 또 베었다.

챙!

병기가 부딪치고 불통이 튀는 가운데, 묵현은 착실히 한 걸음씩 옮겼다.

마지막 무사가 묵현의 검에 목이 떨어진 것은 그로부터 얼마의 시간이 지나서다.

주르륵.

묵현은 격전이 끝난 후 흘러내리는 땀을 훔치며 눈가에 이채를 띠었다.

스스로 생각하기에도 격렬한 움직임의 연속이었지만 설마 이렇게까지 몸에서 땀이 날 줄은 몰랐다.

무인들은 땀을 잘 흘리지 않는다. 오랜 세월의 수련은 무인들의 신체를 강건하게 만들고, 내공의 힘은 신체의 감각을 조절한다.

그래서 무인들은 일정 경지에 오르는 순간 땀을 심하게 흘릴 일이 없다.

게다가 경지에 오른 무인들은 효율적인 움직임을 찾아낸다.

그렇게 찾아낸 효율적인 움직임은 최소한의 움직임으로 최대의 효과를 만들어 내기 때문에 제아무리 격렬하게 움직여도 온몸이 땀에 젖을 정도로 움직이는 일은 드물다.

게다가 내공을 이용하여 땀이 흐르는 즉시 증발시키기 때문에 지금의 땀은 의외의 상황이라 할 수 있었다.

그만큼 격렬했다는 반증이기도 했다. 얼마나 상대의 공격이 무모했고 연속적이었으면 땀이 흐를 지경에 이르렀을까.

아닌 게 아니라 묵현 스스로 느끼기에도 극심한 피로감이 몰려왔다.

지금까지 무수히 많은 사투를 이겨 내고 왔지만 지금처럼 이렇게 피로했던 적은 드물었다.

아니 애초에 피로를 조절하며 움직였기에 사실 처음이라 봐야 했다.

거기다 간헐적으로 움직이던 흉부의 움직임도 지금은 잦은 반복을 보여 주고 있었다.

무인의 호흡이 가빠진다?

그것은 말도 안 된다.

아니 묵혈위사가 그렇다는 것 자체가 우스운 일이다.

단련에 단련을 거듭해 만들어진 무인의 신체는 일반인과 다르다.

그들은 월등히 뛰어난 폐활량을 가지는 게 당연했다.

오직 하나 무공만 익히며 보내는 세월이 얼마인데 체력이 남보다 부실할까.

게다가 다른 사람도 아닌 묵현이 그렇다는 것은 실로 눈으로 보고도 믿기 어려운 일이다.

하나 모든 것이 사실이었다.

그만큼 묵현을 막아섰던 무인들은 치열했고, 지독했었다.

최후의 일인조차 죽음을 택할 정도로.

결과적으로 묵현은 이들을 물리치면서 무인으로서의 새로운 한계를 맛본 셈이다.

아무리 고수라도 한계는 존재한다.

다만 한계를 인지할 일이 거의 없을 뿐.

묵현은 새삼 스스로의 한계를 이번 기회에 돌아볼 수 있었다.

반대로 몸 상태는 최악으로 치달아 과연 앞으로 있을 상대와의 결전을 수월하게 행할 수 있을지 걱정스러웠다.

지금 상태라면 방금 전 자신을 막아선 무사들과 같은 공격이 또 한 번 몰아친다면 큰 피해를 감수해야 할 판이었다.

그것 때문인지 묵현의 안색은 점점 굳어졌다.

아니, 눈앞에서 속속들이 모습을 드러내는 군영각의 인원들을 보면서 내심 복잡해졌다.

막으면 벤다!

지금까지 단 한 번도 의문을 품지 않았던 다짐이다.

그런데 다짐을 끝까지 지켜 낼 수 있을지 묵현은 자신할 수 없었다.

체력적으로 한계에 다다른 육체, 아직도 호흡은 정상으로 돌아오지 않고 있었고, 내기의 순환 역시 최상의 상태는 아니었다.

모든 게 부족한 상황에서, 방금 전 무사들과 비교했을 때 한 단계 위의 무위를 가진 이들이 등장하고 있었다.

이윽고 군영각 서른셋의 책사들이 모두 모습을 드러내자 뒤따라 조하승이 느긋한 표정으로 모습을 보였다.

씨익.

"오래만이군."

조하승은 과거 묵현과 마주했었던 때와는 분위기가 완전히 달랐다.

은연중 보여 주는 기세는 단연코 책만 파는 서생의 모습은 절대 아니었다.

오히려 일대종사와 흡사한 위압감을 지니고 있었다.

그것은 모습을 드러낸 책사들 역시 마찬가지였다.

누가 이들을 보고 단순히 책사라고 지칭할 수 있으랴.

책사들 역시 언제 무공을 쌓았는지 과거의 그들 모습과는 천지 차이였다.

서른세 명의 절대 고수.

이제 책사들은 완벽한 무인이 되어 있었다.

조하승, 그 혼자 보여 주는 위압감에 비하면 다소 손색이 있었지만 이들 서른셋 역시 위압감이 남달랐다.

第七章

북천혈사(北天血事) 下

구류십가.

아홉의 거대한 흐름과 하나의 작은 모임.

사람들은 모른다.

누대에 걸친 시간 동안, 누군가에게는 이 작은 모임이 하나의 거대한 흐름이 되기를 간절히 원했었다는 것을.

소설가.

단지 이야기꾼으로만 남아 전란의 시대였던 춘추전국시대를 버티고 살아남아야 했던 그들에게, 시대를 아우르는 거대한 흐름이 되고자 하는 것은 그들의 오랜 숙원이었다.

하나 그것을 누구도 알아주지 않았다.

사상적 기반이 존재하지 않았기에 그런 그들의 숙원은

더더욱 요원하기만 했었다.

어디 그것뿐이겠는가.

사실 소설가가 대단한 집단이라 살아남은 것도 아니었다.

단지 힘이 없었기에, 백가쟁명의 암투 속에서도 살아남았던 것이지, 조금이라도 힘이 있었다면 누군가에 의해 싹이 제거되었을 것이다.

나약했기에 살아남은 이들.

그렇기에 흐름이 될 수 없었던 한(恨).

그래서 언제나 소설가는 천덕꾸러기였다.

칠성회라는 거대한 집단에 투신하였지만, 처음부터 무시를 당해야만 했다.

같은 회 안에서조차 당해야 했던 멸시 어린 시선들.

이야기나 만들 줄 알지, 무엇 하나 힘이라고는 존재하지 않는다 하여 소설가는 언제나 뒷전에 물러나 있어야 했다.

하나 그들은 몰랐다.

진정 소설가의 힘이란 것이 단순히 눈앞에 보이는 힘만이 아니었음을.

이야기.

사람들의 입에서 입으로 전해 내려오는 수많은 이야기.

어떤 이는 승자가 되고, 어떤 이는 패자가 되어 버리게 만드는 무형의 힘.

소설가의 손끝에서 모든 것은 변하고 새롭게 만들어진다

는 사실을 구류의 어느 누구도 몰랐다.

그리고 때로는 거짓된 이야기로 진실을 감출 수 있다는 사실 역시 어느 누구도 몰랐다.

소설가들은 그렇게 수많은 진실을 전설로, 혹은 허황된 이야기로 오랜 세월 만들기 시작했다.

그리고 준비하기 시작했다.

스스로 힘을 갈구하고 힘을 얻기 위해 수많은 진실을 그들만의 숨겨진 이야기로 전승했다.

그들은 같은 무리였던 칠성회의 역사에도 적극적으로 개입하여 만들었다.

시간이 흐르고 쌓여진 무수히 많은 이야기들.

그렇게 사라진 진실은 소설가에게 많은 것들을 주었다.

온갖 기진이보와 잊힌 무공들.

하나 그것만으로는 흐름에 편입하기에 부족했다.

그들이 힘을 갖추어 나가는 만큼 나머지 구류 역시 더욱 일신하여 강해져 갔기에 소설가는 여전히 주류가 될 수 없었음이다.

그러다 명가의 비전을 우연히 습득할 수 있었다.

명가의 다른 이들에게는 사라진 이야기였으나 소설가들은 그것을 온전히 자신의 것으로 만들어 냈다.

이적을 만들어 내는 명가의 비전들.

좌도방문이라 하여 사공이학이라고 하여 역사에서 사라

져야 했던 무수히 많은 비전들.

소설가들은 그것을 흡수하며 새롭게 태어났다.

거대한 흐름으로 거듭나기에는 부족할지 모르지만 이제 더 이상 소설가가 힘이 없다고 말하는 이는 존재하지 않았다.

붓이 아닌 검을 들어 얻은 힘.

그리고 명가의 비전들이 모여 만들어 낸 소설가의 비전 절예들.

그리하여 만들어진 것을 언령이라 했다.

말이 가지는 숨겨진 힘.

말에 힘을 싣는 데 소설가만 한 이들이 있을까.

단어가 모여 문장을 이루고, 명가의 비전이 그것을 현실화시켰을 때, 소설가는 스스로 패천진가와 자웅을 결하겠다며 나섰다.

북천성 부군사 조하승.

그리고 서른셋의 책사들.

바로 이들이야말로 누대에 걸친 소설가의 집념과 한이 만들어 낸 궁극의 병기들이었다.

그러니 위압감이야 당연한 결과였다.

게다가 북천성의 일을 하면서 패천진가의 비전마저 엿본 이들이다.

사실 이들 모두를 참한다는 것은 아무리 묵광 묵현이라

고 해도 버거운 일이었다.

 그것은 묵광 묵현이 최상의 상태라고 해도 마찬가지였다.

 덕분에 조하승의 얼굴에 새겨진 미소는 점점 짙어졌다.

 전설의 종결!

 그것은 더 이상 소설가가 비주류가 아님을 세상에 선포하는 일종의 의식이 될 것이다.

 비록 조하승 스스로가 의도한 열 침습에 의한 피해는 보이지 않았지만 상관없었다.

 생각보다 회에서 보내 준 무사들의 집념은 대단했다.

 끊임없이 피해를 강요하며 목숨을 던진 그들의 희생 덕에 묵현을 잡는 일이 한결 수월해졌다.

 그래서 조하승은 좀 더 이 순간의 여유를 즐기기로 했다.

 "자네는 내가 반갑지 않은가 보군. 오랜만에 보는 것일 텐데 말이야."

 묵현을 조롱하는 말투에는 굳은 자신감이 묻어나고 있었다.

 "안 그런가?"

 게다가 공대에서 점점 평대로 바뀌어 가는 말투까지, 이 모든 것이 조하승이 꿈꾸던 것들이었다.

 누가 감히 묵혈위사를 상대로 이렇게 도발할 수 있을까.

 단연코 지금까지 누구도 감히 하지 못했으리라.

 하나 자신은 했다.

구류십가.

거대한 흐름에서 벗어났던 마지막 열 번째 소설가.

과거의 멸시를 버팀목 삼아 이 자리에 섰다!

이제 더 이상 과거의 치욕은 없다!

그 역사를 지금 이 자리에서 자신이 만들어 낼 것이다.

조하승은 비릿한 웃음과 함께 손을 들었다.

척.

그러자 서른셋의 책사들이 묵현을 중심으로 일정한 방위를 밟기 시작했다.

구류십가가 아닌 십류이길 바랐던 소설가들.

매담자로 살아왔던 선조들의 피와 땀이 서린 하나의 진법이 눈을 떴다.

십류연환진.

이름마저 그들의 한을 담아낸 십류연환진이 펼쳐지며 묵현은 점점 자신을 옥죄어 오는 압박감을 느꼈다.

각기 셋씩 짝을 지어 늘어선 열 개의 흐름.

그 안에 담겨진 것은 구류십가의 특성들이었다.

묵가의 향기가 뿜어지는가 하면, 다시금 명가의 기이함이 사방에 몰아쳤다.

무엇이 실이고 허인지 분간하기 어려운 현란함 속에 도사린 치명적 위험!

그러나 아직 조하승과 서른세 명의 책사들이 준비한 공

격은 끝이 아니었다.

스스로 패천진가와 자웅을 결할 수 있으리라 마음먹게 했던 소설가 비전의 절예 언령, 말의 숨은 힘을 끌어내어 사용하는 그것이 아직 남아 있었다.

"뭐 자네 입장에서야 반갑지 않을 수도 있겠지. 하지만 난 자네가 너무 반갑네. 왜 그런 줄 아나?"

어느새 진 한가운데 갇혀 버거워하는 묵현의 모습을 보며 조하숭은 다시금 손을 번쩍 추켜올렸다.

이제 끝낼 때가 되었다.

"자네를 죽이면 많은 것을 얻기 때문이지. 그럼 이만 죽엇!"

계속 이어 가던 말을 마지막에 가서는 표독스러운 어투로 마친 조하숭의 표정은 이전과 달라졌다.

느긋하고 입가에 조소를 베어 물었던 표정을 버리고 지금은 완전한 무심으로 돌변했다.

이는 언령을 사용하기 위함이었다.

언령, 말이 가진 숨겨진 힘을 끌어내기 위해서는 무엇보다 평정심이 중요했다.

일체의 사심 없이 단지 말에만 집중해야 가능한 비전 절예가 바로 언령이었다.

게다가 곧 죽을 상대에 대한 일종의 예의이기도 했다.

누군가가 죽어 갈 마당에 웃는 건 좀 심하지 않은가.

"사(絲)!"

이윽고 조하승의 지휘에 따라 책사들의 입에서 거대한 힘의 파장이 토해졌다.

그것은 이내 묵현을 중심에 두고 촘촘한 기의 실을 만들었다.

말하는 단어의 특성이 고스란히 기로 변형되어 나타나는 언령이 세상에 첫 선을 보이는 순간이었다.

'이건 대체……!'

묵현은 자신의 눈앞에 일어나는 기사를 도무지 믿기 어려웠다.

세상에 단지 입을 열어 말했다고 생겨나는 기의 실이라니!

하나 지금은 넋 놓고 있을 때가 아니었다.

상대가 만들어 낸 진의 기운에 짓눌려 움직이기 어려웠지만 어떻게든 움직여야 했다.

아직 변화가 생긴 것은 아니지만 주위를 옥죄어 오는 보이지 않는 기의 실에서 위험한 냄새가 났다.

뭐랄까, 본능적으로 느껴지는 무언가가 있었다.

묵현은 이를 악물고 억지로 내기를 다리에 모아 폭발시켰다. 그리고 반발력을 이용해 진세의 압박에서 조금이나마 벗어날 수 있었다.

타다닥.

이후 어떻게든 주변을 에워싼 기의 실을 벗어나기 위해 극한의 묵룡보를 펼쳤다.

그때 또다시 책사들의 입에서 토해진 외침!

"절(絶)!"

묵현은 순간 그대로 바닥을 굴렀다.

뭐 생각을 하고 자시고 그럴 여유가 없었다.

본능적으로 무언가 쏘아졌다고 느낀 순간, 자신도 모르게 몸이 먼저 반응했다.

사사삭.

그리고 뒤를 이어 들려오는 공기가 찢어지는 날카로운 소리.

조금이라도 늦었다면 묵현의 몸은 조각조각 나 버렸을 것이다.

그만큼 주위를 둘러싸고 있던 기의 실은 순식간에 바람의 칼날이 되어 쏘아졌다.

이는 천하의 묵룡간이라고 해도 막을 수 없는 성격의 공격이었다.

천지 사방 온통 막아야 할 것 천지인데, 겨우 방패로 어떻게 그것을 다 막겠는가.

묵현은 바람의 칼날이 지나간 자리를 보며 자신도 모르게 서늘함을 느껴야 했다.

바닥에 난 깊게 갈려진 흔적들은 검기로 자른 것과 같은 형상이었다.

　게다가 예기가 실로 심상치 않았다.

　'당했던가!'

　완전히 다 피한 줄 알았는데 하나를 피하지 못했던 것 같다.

　어느새 등을 축축하게 적시며 흘러내리는 피.

　묵현의 얼굴은 긴장으로 더욱 굳어졌다.

　정통으로 직격당했다면 몸이 썰려 나갈 판이다.

　빗겨 맞았음에도 이 정도 상처라니…….

　'무리였나.'

　묵현의 얼굴에 자조적인 웃음이 떠올랐다.

　자신이 우겨서 혼자 달려온 길이었다.

　혼자서도 충분히 조하승 정도는 벨 수 있으리라 생각했었다.

　아니 남황맹에서도 그랬기에 약간의 어려움은 존재해도 그리 크게 문제가 될 것이라고는 생각하지 못했다.

　그런데 막상 드러난 결과는 아니었다.

　자신 하나를 잡기 위해 준비된 철저히 함정들, 그리고 이어진 기괴한 공격까지.

　당장 목숨을 잃게 된 것은 아니지만, 이번 승부는 명백히 자신의 패배였다.

　모든 게 묵현의 예상을 뛰어넘은 반응이었다.

누군가를 지키는 일에 기본을 두는 묵가의 사람으로서 이런 예상을 전혀 하지 못했다는 것은 부끄러운 일이었다.
 호위로서는 최악의 결과였다.
 아니 위험 요소의 직접적 말살을 위한 묵혈위사로서도 자격 미달이었다.
 자신의 무력을 과신했던 것이 지금의 사태를 불러온 가장 큰 원인이었다.
 지금까지 묵혈지안이 절대적으로 통용되다 보니 몰랐었다.
 묵현, 스스로도 의식하지 못했으나 이번 일에 냉정하지 못했다.
 게다가 자만이라는 최악의 패를 들었다.
 그간 크게 어려움을 못 느끼다 보니 자신도 모르게 그랬던 것이다.
 졌다. 어떤 변명의 여지도 없이 완전히 진 싸움이다.
 그렇다고 포기하지는 않았다.
 승부는 졌어도 승패를 결정짓기에는 아직 멀었다.
 묵혈위사가 되고 나서부터 너무 자신만만했던 자신의 부족함을 깨달으며 묵현은 다시금 전의를 불태웠다.
 아직 물러설 수 없다!
 이겨야 한다!
 절박한 심정이 두 눈에 어렸다.

묵현은 다시 초심으로 돌아가기로 결심했다.

묵혈위사가 되기 전, 아니 훨씬 더 이전에 남황맹에서 고군분투하던 그때로 말이다.

그때는 묵혈지안이 없어도 크게 문제가 되지 않았다.

오히려 극도로 예민해진 신경으로 전장의 모든 것을 파악했었다.

피부의 솜털조차 미세한 공기의 흐름을 파악하기 위해 잔뜩 곤두섰었다.

그런데 이 꼴이 무엇인가.

대체 언제부터 자신이 묵혈지안에 이리도 의존했을까?

기의 실체만을 좇는 절대의 부동지안.

오직 묵혈위사만이 가질 수 있는 이 절대의 공능에 한계란 존재하지 않으리라고 어찌 확신할 수 있었던 것인지 모르겠다.

그래서 더 이를 악물었다.

과거에 잊고 있던 감정이 다시금 복받쳐 올라왔다.

그것은 순수한 전의.

가슴이 뜨겁더라도 머리는 차갑게!

묵현의 기세가 서서히 사방에 퍼져 나가며 무겁게 가라앉기 시작했다.

작은 깨달음이 하나 생겼다.

무공에 절대란 존재하지 않는다.

그것을 어떤 상황에, 어떤 상대에게 쓰느냐에 따라 위력이 달라질 뿐.

 묵혈지안 역시 그러하다.

 상대가 현혹하려 할 때 진실은 꿰뚫어 볼 수 있으나 지금과 같은 공격에는 무용하다.

 갑자기 터져 나오는 힘에는 어떤 전달 매개가 존재하지 않았다.

 단지 입을 열어 말했고, 생겨났다.

 기사라 해야 했지만 그것은 엄연한 사실이고 현실이다.

 지금 묵현 자신이 마주한 적이 그것을 사용하고 있었다.

 믿기지 않았지만 믿어야 했다.

 살면서 익혀 온 수많은 무공의 이치를 뒤흔드는 기예였다.

 게다가 기의 실체는 어디서도 찾을 수 없었다.

 묵혈지안의 한계 안에서는 분명 그랬다.

 그러니 찾아야 한다.

 어떻게든 이 공격을 파훼할 수단을 강구하지 않는다면 자신이 죽는다.

 묵현은 천천히 자신의 검을 다시금 움켜쥐었다.

 손에서 느껴지는 충족감.

 지금부터 믿을 것은 오직 이것 하나.

 "당신 제법이야."

묵현은 비틀린 웃음과 함께 검을 들어 올렸다.

"훗, 묵혈위사가 허세라? 하하하!"

조하승은 그런 묵현의 모습을 크게 비웃었다.

이미 승부가 난 마당에 끝까지 당당하려 하는 모습이 참으로 애처롭고 우스웠다.

언제나 선조들이 분루를 흘리게 만들었던 묵혈위사가 자신 앞에서 마지막 발악을 하는 모습이라니!

설마하며 우려했던 기우마저 이 한 번의 공방에서 모든 것이 결정 났다.

더 이상 묵혈지안을 두려워할 필요는 없다!

묵혈지안.

얼마나 많은 이들이 이 절대의 안법 앞에서 무릎을 꿇어야 했단 말인가.

하나 그런 묵혈지안조차 자신들의 언령 앞에서는 한계를 드러냈으니.

조하승은 더 이상 미룰 이유가 없었다.

이번에야말로 묵혈위사의 피로 축배를 들 때가 도래한 것이다.

이제 곧 구류십가는 십류가 되리라.

자신이 그리 만들 것이다.

척.

여전히 연계되어 돌아가는 진법 안에서 조하승은 새롭게

손을 들어 올렸다.

그것은 더 이상의 탐색전을 그만둔다는 의미였다.

즉, 각자가 자신에 맞춰 언령을 펼쳐 묵현을 참하라는 마지막 명령이었다.

"합!"

동시에 묵현의 신형 역시 움직였다.

모든 것을 건 승부!

조하승 역시 책사들의 공격을 지켜보다 전권으로 뛰어들었다.

모든 것을 자신의 손으로 직접 끝내기 위해서다.

그리고…… 그것은 묵현이 기다리던 마지막 기회였다.

    *   *   *

누구도 범접하기 어려운 압도적 위압감이 서려 있는 거대한 대전.

홀로 어둠을 벗 삼아 태사의에 기대앉아 있던 거인의 눈은 굳게 닫혀 있었다. 그리고 그런 거인의 눈은 영원히 떠지지 않을 것처럼 무거웠다.

"주군!"

아니 누군가의 등장이 그를 방해하기 전까지는 그랬다.

숨을 헐떡이며 들어온 문사는 휴식을 취하는 그를 방해

할 수 있는 몇 안되는 이였다.

"무슨 일이지?"

적어도 찾아온 이는 그가 신뢰하는 몇 안되는 이였다.

만약 그렇지 않았다면 어느 누구도 그의 눈을 뜨게 할 수는 없다.

그는 그럴 만한 힘을 가진 이였다.

혈천도제 진무광.

북천의 지배자이자 당대 천하제일인에 가장 근접했다 알려진 인물을 감히 누가 거스를 수 있으랴.

진무광은 자신의 휴식을 깬 불청객을 가만히 응시했다.

"드디어 그들이 마각을 드러냈습니다."

그런 진무광의 서늘한 시선을 마주하고도 문사는 미동도 하지 않았다.

그도 그럴 것이 진무광의 기운에 어느 정도 면역이 생길 만큼 그와 함께한 시간이 많았기 때문이다.

그만큼 진무광의 찌를 듯한 패기는 어느 누구도 쉽게 마주하기 어려운 기운이었다.

북악수사 신모중.

그였기에 진무광 앞에서도 당당할 수 있었다.

"호, 빠르군."

진무광은 그런 신모중의 보고에 심드렁하게 대답했다.

사실 암류 따위에 대해 진무광은 전혀 신경 쓰고 있지 않앉다.

 그에게 있어 그들은 단지 자신의 세력을 좀먹는 벌레였을 뿐이다.

 북천을 지배하는 절대자가 벌레 따위를 신경 쓴다는 것이 우스운 노릇이다.

 복종하면 거둔다.

 하나 그렇지 않다면 철저히 밟아 준다.

 그게 패천진가의 방식이고, 진무광의 법칙이다.

 그렇기에 진무광의 반응은 미지근했다.

 "묵광 묵현이 그들과 결전을 벌이고 있습니다."

 신모중 역시 진무광의 반응이 이럴 것이라는 것은 알고 있었다.

 그럼에도 보고를 굳이 직접 하는 이유는 하나였다.

 만약 신모중, 그가 의도하는 바가 없었다면 이렇게 나서지도 않았다.

 지금 그가 말하고자 하는 요점은 다름 아닌 묵광 묵현에 초점이 맞춰져 있었다.

 "그런데 뭐가 문제이기에 찾아온 거지?"

 진무광 역시 그런 신모중의 의중을 알았기에 물었다.

 "그가 본 천의 정문을 부수고 들어왔습니다."

 신모중이 말하고자 했던 바가 바로 이것이었다.

 다른 것이 아닌 바로 이것!

묵광 묵현이 북천의 문턱을 무시했다는 사실에 신모중의 목소리에 날이 잔뜩 서렸다.

"호오!"

그러나 신모중의 반응에도 불구하고 진무광은 대수롭지 않은 표정을 지었다.

어차피 그럴 성향이라는 것쯤은 과거 묵현과 대작하며 충분히 느끼고 있었다.

그는 충분히 그러고도 남을 인간이었다.

길들여지지 않은 야수.

진무광은 묵현에게서 자신과 동류란 느낌을 받았었다.

그러니 새삼스러울 것도 없는 일이라 생각했다.

"게다가……."

하지만 신모중의 생각은 달랐다.

신모중에게 그것은 절대 용납할 수 없는 행위였다.

처음부터 신모중은 묵현 그자가 마음에 들지 않았다.

"게다가?"

진무광은 그런 신모중을 보며 고소를 지었다.

아무래도 쉽게 물러설 기미가 보이지 않았기 때문이다.

신모중이 이렇게 자신에게 떼를 쓴다는 것은 분명 그가 크게 화가 났다는 반증이기도 했다.

그렇지 않다면 신모중이 감히 자신의 결정에 번복하고 나서지는 않았을 테니까.

"주군! 그리 가볍게 생각하실 일이 아닙니다!"

역시나 이번에는 언성까지 높이고 있었다.

진무광은 순간 이 충직한 수하의 목을 베어 버릴 뻔했다.

자신에게 감히 이렇게 도전적인 어조로 덤비는 것 자체가 눈에 거슬렸다.

"하면?"

그래서 다시 되묻는 그의 말투에 짜증이 묻어났다.

"이대로 좌시하면 안 되는 일입니다!"

하나 신모중은 그럼에도 굽히지 않았다.

오히려 더더욱 소리를 높여 묵현의 행위를 비난했다.

"어째서 그렇지?"

결국 진무광은 잔뜩 가라앉은 목소리로 되물었다.

이는 우회적으로 신모중에게 하는 경고였다.

더 이상 선을 넘지 마라!

"지금까지 본 천이 추구하던 이상은 패도! 누구도 침범해서는 안되는 성역이 되어야 합니다!"

그러나 그럼에도 신모중은 여전히 그에게 묵현의 처벌을 간하고 있었다.

그것도 처음과 달리 더욱 절실한 표정과 함께 말이다.

순간 진무광은 갈등했다.

자신과 드잡이질하는 수하를 지금껏 용납한 적이 단 한 번도 없다.

'거슬리는군. 상당히.'

하나 차마 군사를 자신의 손으로 베어 낼 수는 없는 일 아닌가.

"그러니까 결론은?"

결국 진무광은 신모중에게 무엇을 원하는지 직접 물었다.

"천주께서 그가 마음에 들어 북천령을 주신 것은 알지만, 참해야 합니다!"

그러자 신모중은 기다렸다는 듯이 그의 제거를 외쳤다.

쾅!

순간 진무광의 기운이 폭발하며 대전이 더더욱 무겁게 가라앉았다.

그리고 두 눈의 화광이 신모중에게 집중되며 그를 압박했다.

"지금 내가 내 입으로 한 말을 번복하라 이 말인가!"

누구보다 자신을 잘 아는 신모중이 설마 이런 식의 제안을 할 줄은 몰랐다.

그만큼 진무광의 분노가 컸다.

"다른 누구도 아닌 내가!"

점점 진무광의 목소리가 높아지며 거칠게 대기가 일렁였다.

지독한 패기가 넘실대며 이를 드러냈다.

"말하라!"

더 이상의 양보는 없었다.

그가 아무리 북천의 군사이자 오대 봉공가인 신가의 가주라 해도 이번만큼은 절대 용서하지 않을 작정이었다.

신모중은 넘어선 안되는 선을 넘어선 것이다.

패천진가는 결코 협잡을 하지 않는다.

오직 힘으로 모든 것을 결할 뿐이다.

그리고 자신은 그런 진가의 당대 가주!

진무광의 시린 눈에 진득한 살기가 올라왔다.

신모중 역시 이를 각오한 일이었다. 그렇기에 물러날 수는 없었다.

진무광에게 진무광의 정의가 있다면, 신모중 역시 자신의 정의가 있었다.

그 누구도 북천을 우습게 여겨선 안 된다!

설령 황제라 할지라도 북천의 정문은 쉽게 열리지 않는다!

북천은!

신모중에게 있어 북천은 진정한 패도의 무너지지 않을 성이다.

그렇기에 성역을 누군가 함부로 침입했다는 것 자체를 용납할 수 없었다.

쿵! 쿵! 쿵! 쿵!

단단한 바닥에 죽을 각오로 머리를 부딪쳤다.

피가 튀고 골이 울렸지만 멈추지 않았다.

"주군!"

오히려 피 끓는 심정으로 신모중은 다시금 외쳤다.

"읍참마속이라 했습니다!"

설령 자신이 죽더라도 상관없었다.

신모중은 진정 묵현 그자가 눈에 거슬렸다.

하나 지금의 외침은 단순히 그것 때문만은 아니었다.

묵현이 자신이 생각하는 북천성의 법을 침범했기에 이러는 것이었다.

"갈!"

목숨을 내놓은 신모중의 외침이 잇따르자 제아무리 진무광이라고 해도 이를 완전히 무시할 수는 없었다.

"나는 소인배가 아니다!"

그래서 한결 수그러진 기세로 말을 이어 나갔다.

"또한 본 천은 결코 약자가 아니다!"

진무광은 신모중이 이 정도에서 멈추기를 바랐다.

하나 신모중은 물러서지 않았다.

"그렇기에 그를 참해야 하는 법입니다!"

오히려 더더욱 목소리를 높였다.

아직 채 피가 마르지 않아 얼굴에 피가 범벅이 되었음에도 눈 하나 깜짝하지 않았다.

"흠."

순간 진무광은 골치가 아파 옴을 느꼈다.

베어 버리는 일은 간단하다.

그 이후에 있을 몇 가지 문제 역시 마찬가지.

자신이 직접 나서서 해결하려 든다면 무엇도 문제가 되지 않는다.

하나 이렇게까지 신모중이 나서니 그 역시 약간 흔들렸다.

과연 이대로 묵현을 방치하는 게 맞는 일일까?

패천진가의 정의를 그에게도 적용해야 하는 것인가?

진무광은 잠시 눈을 감고 생각에 빠졌다.

지금 자신의 앞에서 핏대를 세우며 부르짖는 신모중도 마음에 들지 않았고, 이 상황 자체도 거슬렸다.

'죽여 버릴까?'

어차피 세상에 사람은 많고 인재 역시 넘치고 넘친다.

신모중 하나 없앤다고 북천에 큰 타격이 생기는 것이 아니다.

단지 그가 오대 봉공가의 가주라는 부분이 걸렸다.

패천진가를 떠받들고 서 있는 다섯 기둥들.

누대에 걸쳐 충성을 받쳐 온 가신을 기분에 거슬린다고 함부로 쳐 낼 수는 없는 노릇이었다.

그것이 가주의 위치였다.

그랬기에 후계의 권력 다툼 앞에서도 진무광은 무심히

지켜만 봤다.

만약 그렇지 않았다면 북천에서 피가 마를 날이 없었을 것이다.

'하아……'

이럴 때 생각나는 단어가 진퇴양난이리라.

이러지도 저러지도 못하는 상황이 마음에 들지 않았다.

그러다 진무광의 머리에 얼핏 스쳐 가는 무언가가 있었다.

예전에 따로 보고를 받으며 쉽게 지나쳤던 것이 이제야 생각이 났다.

'그러고 보니 하은이가 그를 마음에 두고 있는 것 같다 그랬던가?'

순간 진무광의 머릿속에 짓궂은 생각이 떠올랐다.

자신이 누구보다 아끼는 아이가 진하은이었다.

나머지 자식들이야 전부 자신의 자리를 노리는 승냥이 떼와 다름없지만 그 아이만은 달랐다.

딸아이라 그런지 손길이 한 번 더 가는 아이였다.

게다가 딱히 권력을 탐하지도 않았다.

다만 천방지축 아직 자신의 위치를 자각하지 못해 속을 썩이던 아이였는데, 생각해 보니 묵가의 묵혈위사라면 배필로 오히려 차고 넘쳤다.

패천진가의 역사가 기록하길, 묵혈위사가 당대에 존재하

면 천하 제패를 포기하라고 했던가.

씨익.

그런 묵혈위사를 사위로 삼으면 무엇이 두려우랴.

천하 제패 역시 한낱 꿈은 아닐 것이다.

천하 제패!

가슴을 떨쳐 울리는 단어.

진무광의 웅심이 진동했다.

그리고 그것이 자신의 딸아이에게 해가 될 일도 아니었다.

결심을 굳힌 진무광은 즉시 자리를 박차고 일어섰다.

"좋다! 내가 직접 가겠다!"

이런 게 일거양득이라 했던가.

진무광은 앞으로 벌어질 일을 상상하며 힘차게 걸음을 옮기기 시작했다.

"천화단주를 데리고 뒤를 따르라!"

그리고 잊지 않고 신모중에게 진하은을 대동할 것을 명했다.

진무광이 생각하는 무대는 진하은이 있어야 완성된다.

그리고 만약 진무광이 생각하는 대로 상황이 풀리지 않는다면 그때는······.

'벤다!'

딸아이의 장래를 위해서라도 묵현을 베리라 결심했다.

"존명!"

신모중은 그런 진무광의 속내는 짐작하지 못하고 일단 그의 명을 따랐다.

적어도 자신이 원하는 바는 이룬 셈이라 더 이상 고집을 부리지 않았다.

그렇게 묵현과 조하승의 결전장으로 사람이 모이기 시작했다.

* * *

흔히 싸움꾼들끼리 하는 소리가 있다.

대가리를 잡아라!

무슨 싸움이든 우두머리가 있기 마련이고, 또한 싸움의 중심은 그로부터 일어난다.

묵현이 순간 상기한 것은 바로 그것이었다.

무릇 수장의 부재야말로 싸움의 승패를 결정짓는 중요한 요소가 된다.

그런 의미에서 볼 때, 이 상황에서 저들을 이기려면 무엇보다 선결인 과제는 조하승의 제거였다.

하지만 그것이 그리 쉬운 일이 아니었다.

상대는 겹겹이 호위를 받고 있으면서 자신이 허점을 보일 때마다 날카롭게 공격하고 있었고, 책사들의 견고한 성을 방불케하는 진세는 여전했다.
 불리한 점은 그것만이 아니었다.
 스걱.
 동물적인 감각으로 가까스로 피했지만 이번 역시 완전히 다 피해 내지 못했다.
 보이지 않는 칼날은 여전히 위협적이었고, 그것을 막을 뾰족한 방법은 여전히 보이지 않았다.
 핏물이 튀며 조금씩 둔해지는 움직임은 점점 절망의 수렁으로 묵현을 끌어들이고 있었다.
 하지만 아직 완전히 포기하기에는 이르다.
 보다 적극적으로 공세에 임하는 조하숭의 태도, 그것에 묵현은 실낱같은 기대를 걸었다.
 자신에게 주어진 마지막 기회는 오직 그의 움직임으로 결정 날 것이다.
 '벤다, 반드시 베어 낼 것이다!'
 치열한 의지가 때론 기적을 만들 수 있다.
 일념으로 그것을 온전히 원한다면, 아직 이 싸움은 끝나지 않은 것이다.
 "훗!"
 과거에 이것보다 더한 격전장도 헤쳐 온 자신이다.
 묵현은 초조한 마음을 털어 내려 노력했다.
 오히려 여유롭게 전장을 살폈다.

모든 것은 마음에 달려 있다.

지나친 긴장도, 지나친 욕심도 일을 그르치는 원인이다.

가볍게, 가볍게 마음을 편하게 먹었다.

기회라는 것은 쉽게 오지 않는다.

하지만 그것을 바라고 바라면 결국 한 번은 온다.

중요한 것은 기회를 잡느냐 그렇지 못하느냐에 달린 것이지, 기회가 오지 않는다고 절망할 필요는 없었다.

부동심.

묵혈지공의 효용이 묵현의 마음을 명경지수와 같이 차고 맑게 만들어 주었다.

파바박.

극성에 이른 묵룡보의 현란한 변화가 상대방의 기괴한 공격 앞에서도 치명타를 허용하지 않게 해 주었다.

그래서 버텼다.

'아직!'

아니, 버틸 수 있었다.

'아직이다!'

묵현은 언젠가 올 기회를 위해 일부러 힘을 축적하기 시작했다.

몇 번 책사들을 베어 버릴 순간이 찾아왔지만 일부러 힘을 풀었다.

지금은 오직 기다릴 뿐이다.

까강!

고도로 집중된 정신력으로, 묵혈위사의 역사가 만들어낸 묵룡간을 최대한 활용하며, 차근차근 조하승과의 거리를 좁히려 들었다.

물론 그것을 상대가 눈치채지 못하게 하기 위한 노력은 그야말로 처절했다.

마음 같아서는 단번에 묵룡섬으로 적의 목숨을 노리고 싶었지만 아직은 아니었다.

게다가 이전까지는 의식하지 못했지만 지금 느껴지는 미세한 기척 역시 무시할 수 없었다.

그것은 극한에 이른 집중력이 아니었다면 절대 느끼지 못할 만큼 무척이나 은밀했다.

이는 누군가 근처에 숨어 있다는 말이었다.

상황만 보자면 그야말로 중과부적인 상황이었다.

그래도 묵현은 여전히 이 싸움을 뒤엎을 마지막 반격의 수를 생각하며 전의를 굽히지 않았다.

점점 더 거세어져 가는 상대의 기이한 공격은 여전히 난제였지만 그것 역시 점점 실마리가 보였다.

'입!'

이들에게 있어 공격의 시발은 다름 아닌 입이었다.

무인에게 있어 권장지각이 무의 시작이라면, 이들은 기이하게도 입에서 울리는 소리가 무기였던 것이다.

그것만으로도 충분한 성과였다.

게다가 묵현이 알아낸 것은 그것만이 아니었다.

우연하게도 이들이 공격하는 모든 공격 수단은 입에서 뱉어진 단어의 뜻에 기인하고 있었다.

즉, 파(破)라는 단어를 내뱉으면 보이지 않은 기운이 잘게 쪼개지며 폭발했고, 절이라 하면 순식간에 예기를 드러내며 쏘아졌다.

덕분에 묵현은 아슬아슬한 줄타기를 계속할 수 있었다.

가끔 조하승이 잔뜩 인상을 붉히며 외치는 단어 앞에서는 그것 역시 무용지물이기는 했지만 말이다.

화르륵.

"화(火)!"

이번에도 조하승의 입에서 토해진 단어는 거대한 화염이 되어 날아왔다.

다른 것은 몰라도 이런 공격에는 막을 수 있는 방도가 전혀 없었다.

당장이라도 몸을 빼고 싶지만 책사들의 공격에 그것마저 여의치 않았다.

"합!"

결국 할 수 있는 일은 지금처럼 힘으로 그것을 부셔 버리는 것이다.

하지만 그것 역시 완벽한 방어가 될 수는 없었다.

콰광!

거대한 폭발음과 함께 밀려오는 불길.

치이익.

이어 살이 익는 소리와 함께 몸 여기저기에 화상과 함께 물집이 잡혔다.

"학, 학."

묵현은 점점 숨이 가빠 오는 것을 실감했다.

상황은 최악이었다.

스윽.

그래도 이제 얼마 안 남았다.

버티고 버티며 걸어간 걸음.

'곧이다, 곧!'

한 발짝만 더 다가서면 조하승이 온전히 자신의 검격 안에 들어선다.

고수에게 있어 이 검격은 중요한 의미였다.

자신의 공격을 십 할 완벽하게 성공할 수 있는 공간이 바로 이 검격이다.

그래서 무릇 고수와의 싸움은 이 간격의 싸움이라고도 하는 것이다.

'지금!'

이윽고 그렇게 기다리고 기다리던 거리가 생겨나자 묵현의 두 눈에서 빛이 터졌다.

"하압!"

혼신을 다한 기합이 쩌렁쩌렁 울리며 책사들의 외침을 묻어 버렸다.

그러자 그동안 이어지던 책사들의 공격이 순식간에 허물어졌다.

내심 소리가 있어야 공격이 가능하다고 가정했던 것이 맞아 들어갔다.

그렇다면 이제 남은 것은 끝을 내는 일!

휙-!

그동안의 기다림에 보답하듯 묵현의 손에서 쏘아진 검이 환상처럼 공간을 갈랐다.

스르륵.

동시에 그간 은밀하던 기척이 묵현의 뒤를 노리고 날아왔다.

아무래도 조하승의 위기를 틈타 완벽하게 그를 제거하려는 것 같다.

하나 이 역시 묵현의 예상 범위 안에 있었다.

번쩍!

그간 참아 왔던 절정의 묵혈지안이 펼쳐졌다.

순간 시계가 느려졌다.

극성에 이른 집중력과 묵혈지안이 만나 만들어 낸 기묘한 변화였다.

신세계!

그것은 진정 새로운 세상의 문이 열렸음을 의미했다.

끼이잉-!

묘한 진동이 온몸을 관통했다.

동시에 묵현의 뇌리를 가르는 한 가닥 깨달음.

움직이지 않아 보이나, 실로 그것 안에 무수히 많은 움직임이 숨겨져 있음이니.

부동이 단순히 부동은 아님이다.

눈앞을 가득 메운 다양한 색의 선들이 이리저리 난마처럼 얽히며 두 눈을 가득 채웠다.

지금껏 보지 못한 세계가 펼쳐진 것이다.

그리고…… 진정한 부동지안이 눈을 떴다.

느려진 시계.

세상에 홀로 동떨어진 것 같은 느낌.

무엇이 실이고 허인가.

존재에 감춰진 비존재가 존재가 되었음이니…….

눈앞을 가득 메운 기의 향연 앞에 묵현의 신형이 촌음을 갈랐다.

극한에 이른 움직임에 육체가 비명을 질러 댔고 근육이 찢겨졌지만 멈추지 않았다.

이것이 마지막 기회임을 누구보다 묵현 자신이 잘 알고 있었기 때문이다.

미쳐 버릴 것 같은 고통이 몰려왔지만 동시에 짜릿한 쾌감 역시 존재했다.

 쉐에엑-!

 지금 이 순간!

 묵현은 진정 묵혈위사의 위대함과 마주했다.

 묵혈위사가 왜 전설이 되었음인지.

 순간을 가르는 움직임 속에 묵현의 손에 들린 검이 움직였다.

 지금이라면 무엇이든 벨 수 있을 것 같은 믿음이 들었다.

 묵룡광천(墨龍狂天)!

 묵룡검 최후의 절초.

 여기 한 마리 묵룡이 분노하여 하늘을 찢어발기니, 세상 아래 그 무엇도 존재하지 않으리.

 쉐쉐쉑!

 찰나를 쪼개 버린 무한의 검격이 공간을 지배했다.

 묵현의 움직임이 끝났을 때, 환상과도 같았던 시간 역시 끝이 나 있었다.

 그리고 존재하는 것은 오직 묵현 혼자였다.

 누구도 피하지 못했다.

 묵룡의 미친 하늘 아래 나머지는 숨 쉬는 것을 허락받지 못했다.

 당장이라도 달려들 것 같던 모두가 이 한 번의 공격에 생을 달리했으니…….

 비명조차 지르지 못하고 하나씩 부셔져 먼지가 되어 버렸다.

 "쿨럭!"

 이어 묵현의 입가에 밭은 숨과 함께 피가 토해졌다.

 "이겼나?"

 묵현 역시 방금 전의 기묘한 느낌을 믿지 못했다.

 하나 바닥을 메운 피 웅덩이가 그것이 사실임을 말해 주었다.

 핑-!

 순간 극심한 현기증과 고통이 온몸으로 몰려왔다.

 한계를 넘은 움직임이 가져다준 후유증이었다.

 "하하하하하하!"

 하나 고통 속에서도 묵현은 웃었.

 겨우 검 하나에 몸을 지탱하면서도 웃었다.

 그것이야말로 승자의 진정한 권리였기에.

第八章

춘풍연풍(春風戀風)

"……!"

진무광은 순간 자신의 눈을 의심했다.

지금 눈앞에 일어난 광경은 무슨 말로도 형언하기 어려웠다.

'보지 못했다.'

그리고 순간 등이 축축해짐을 느꼈다.

설마 자신이 상대의 공격을 완전히 보지 못할 줄은 생각도 못 했다.

그것도 불과 얼마 전 마주했던 인물이 그것을 가능케 할 줄이야.

'이래서 묵혈위사가 존재하면 천하 제패를 포기하라 했

던 것인가!'
 아직도 아련한 광경은 실로 두려움, 그 자체였다.
 부릅 떠진 진무광의 눈은 감길 줄 몰랐다.
 꿀꺽.
 심지어 입이 타는 것 같은 갈증마저 느껴졌다.
 과연 진무광, 그가 언제 이렇게 긴장을 해 본 적이 있던지…….
 단연코 없었다.
 이 살 떨리는 긴장감에 자신도 모르게 몸이 바르르 떨렸다. 그것은 본능이었다.
 '내가? 진정 이 내가 겁을 먹었단 말인가!'
 진무광은 그것마저도 놀랐다.
 패천진가에서 태어나 지금껏 겁이라는 것을 모르고 살아왔었다.
 그런 그가, 아니 그의 본능이 겁을 먹었다.
 묵혈위사!
 그 치명적 이름 앞에 진무광은 자신도 모를 패배감을 느껴야만 했다.
 환상처럼 이어진 빛이 지나가고 남겨진 풍경.
 주르륵.
 그것은 몸에서 흐르는 식은땀처럼 진무광에게 두려움을 가져다주었다.

흔히 일신우일신(日新又日新)이라는 말이 있음을 알았지만 그것을 직접 목도한 감상은 뭐라 표현하기 어려운 감정이었다.

 어찌 이것을 단순히 성장했다로 표현할 수 있으랴.

 괄목상대라 하지만, 이는 그것의 범주를 뛰어넘은 일이리라.

 순간 진무광은 이참에 묵현을 베어 버릴까 진정으로 생각했다.

 지금이야 그를 제거하는 게 가능하겠지만 차후에는 자신이 없었다.

 아니 솔직히 자신이라 해도 방금 전 보았던 환상 같은 공격이라면 절대 이기지 못한다.

 척.

 도배에 올려놓은 손가락이 근질거렸다.

 진무광 자신도 모르게 진득한 살기가 몸속 깊은 곳에서 뿜어져 올라왔다.

 딴 한순간 눈을 감으면 될 일이다.

 지금이 아니면 안 된다.

 하나 끝내 진무광은 그런 욕망을 표출하지 못했다.

 그러면 자신의 약함을 인정하는 것 같아 싫었다.

 게다가 이대로 묵현을 제거하면 평생 그의 그림자를 벗어나지 못할 것만 같았다.

'오랜만에 폐관 수련을 해야겠군.'

한동안 잊었던 전의라는 감정이 떠올랐다.

"후우."

진무광은 한숨과 함께 머리를 가득 메웠던 상념을 털어내고 천천히 묵현에게 걸음을 옮기기 시작했다.

스윽.

동시에 묵현이 천천히 고개를 들었다.

그 눈에는 아직 힘이 실려 있었다.

"자네가 이겼군."

진무광은 무심을 가장하며 그런 묵현과 시선을 마주했다.

'아직 여력이 남아 있단 말인가!'

아직도 일렁이는 미증유의 힘을 묵현의 눈에서 읽을 수 있었다.

만약 칼을 빼 들었다면 당하는 쪽은 묵현이 아니라 자신이었을지도 모르겠다는 생각이 들었다.

그만큼 묵현이 뿜어내는 기세는 거칠고 강렬했다.

대체 무엇이 그를 붙잡고 있는 것일까?

당장 쓰러져도 이상하지 않을 몸으로 끝까지 꿋꿋한 그의 모습에서 서늘한 한기마저 느꼈다.

진무광은 속으로 고개를 절레절레 저었다.

묵혈위사란 존재들은 독하디 독한 놈들만 배출하는 것 같다.

지독하다는 표현이 전혀 어색하지 않을 종자.

진무광이 느끼는 감상은 그러했다.

"자네가 이겼어. 진정으로!"

그것은 순수한 감탄이었다.

묵현이라는 인간에 대해, 묵혈위사라는 종자에 대한 경의마저 느꼈다.

피식.

순간 묵현의 입가에서 웃음이 새어 나왔다.

"그럼 질 거라 생각했소?"

그 모습이 묘하게도 악동의 짓궂은 웃음 같아 보였다.

"난……."

묵현은 말끝에 힘을 잔뜩 주었다.

"당대 묵혈위사요!"

그가 내뱉는 일성은 진무광이 느끼고 있는 감상을 단 한마디로 표현한 것이다.

묵혈위사!

그것 외에 다른 무슨 말이 필요하랴.

때론 장황한 말보다 짧은 단어 하나가 더 깊게 울릴 때가 있다.

묵현의 한마디 역시 그러했다.

"그랬지. 그렇군!"

진무광이 고개를 끄덕였다.

그것만큼 이 상황에 가장 어울리는 말이 없었다.

씨익.

진무광의 얼굴에 짙은 미소가 그려졌다.

생각해 보니 앞으로 자신이 하려는 일이 잘되면 묵혈위사가 자신의 사위가 되는 것이 아니던가.

이는 실로 믿음직한 뒷배 하나를 더 얻게 되는 일이었다.

아무리 생각해 봐도 수지맞는 장사였다.

지금의 마음 같아서는 아예 이참에 패천진가와 호천묵가를 통째로 묵현 그가 맡았으면 좋겠다는 생각마저 들었다.

자신의 아들들을 묵현과 비교하자면, 그야말로 태양 앞의 반딧불 신세이지 않은가.

진무광은 내심 자신이 이곳에 걸음하기를 잘했다 생각했다.

그리고 슬슬 묵현을 옭아맬 계책을 풀어놓기 시작했다.

"흠, 그런데 말이네······."

진무광은 짐짓 엄한 표정을 지었다.

"자네가 묵혈위사지만 동시에 본 천의 북천령주이지 않은가."

사실 틀린 말은 아니었다.

자신이 처음 거의 반강제로 북천령을 맡겼지만 말이다.

"헌데 어찌하여 본 천의 정문을 그리 범했지?"

말이 끝남과 동시에 진무광에 몸에서 예의 모든 것을 발

아래 둘 것 같은 패왕의 기운이 뿜어졌다.

게다가 눈빛마저 서늘한 한기가 어렸다.

"그렇게 북천성이! 본 패천진가가! 우습게 보였던가!"

쩌렁쩌렁 울리는 목소리와 함께 진무광의 기세는 진정 분노한 것처럼 보였다.

덕분에 묵현과 진무광 둘 사이의 분위기는 급속도로 냉각되었다.

스윽.

묵현은 그런 진무광에게 물러서지 않으며 당당히 고개를 쳐들었다.

"누구도 나를 강제하지 못한다!"

이어 그의 입에서도 거친 음색의 외침이 터졌다.

"그것이 설령 북천일지라도! 아니 당신 혈천도제 본인이라 해도!"

진무광은 그 모습을 보며 내심 역시 독한 종자라고 또 한 번 생각했다.

게다가 생각해 보니 괘씸하다는 생각이 들었다.

경우도 이런 경우가 어디 있나.

아무리 뻔뻔해도 이럴 수는 없는 법이다.

대체 이곳이 어디던가.

다른 곳도 아니고 북천성의 중지 중의 중지인 군영각이 아니던가.

남의 집에서 깽판을 쳤으면 미안한 마음이라도 가지는 게 응당 사람의 도리이건만!

으드득.

처음 시작은 의도했던 것이지만 막상 상황이 닥치니 감정이 요동쳤다.

"뭐라 했느냐!"

순간 진무광의 두 눈에서 불꽃이 튀었다.

스르릉.

그리고 어느새 그의 손에 도가 들려졌다.

"다시 말하라!"

진무광의 장포가 거칠게 펄럭였다.

게다가 그의 손에 들린 도에는 어느새 거대한 기운이 넘실거리기 시작했다.

일촉즉발!

당장이라도 손을 쓸 것처럼 진무광의 근육이 팽팽히 당겨졌다.

"네가 진정 북천을 무시하는 것이더냐!"

묵현은 그런 진무광을 향해 예의 비틀린 미소를 지었다.

"다시 말해도 내 대답은 달라지지 않을 것이다!"

그것은 절대 굽힐 수 없는 그만의 자존심이었다.

설령 그 결과 죽더라도 말이다.

"흥!"

진무광은 말이 끝남과 동시에 몸을 날렸다.

"넌 네 말에 책임을 져야 할 것이다!"

절정에 이른 혈영공이 진무광의 전신을 뒤덮으며 어느새 사방을 핏빛으로 물들였다.

휙-!

그리고 이어진 도의 잔영이 혈영도의 투로를 따라 묵현의 목을 노리고 쏘아졌다.

"쿨럭!"

묵현은 밭은기침을 내뱉으며 진무광의 공격에 맞서 자신의 검을 들어 올렸다.

어차피 이 상태로는 더 이상 무공을 펼치는 것은 무리다.

하나 단 한 번!

한 번의 공격은 할 수 있다.

번쩍!

절정에 이른 묵혈지안이 다시금 눈을 떴다.

시계가 느려지며 진무광의 혈영도법이 부리는 변화가 한눈에 들어왔다.

스윽.

묵현은 마지막 한 방울까지 여력을 쥐어짜 눈에 보이는 허점을 향해 자신의 검을 들이밀었다.

그것은 시의적절한 한 수였다.

혈영도법의 허점을 제대로 노린 일격이기도 했다.

하나 진무광은 공격을 멈추지 않았다.

패(覇)!

그 지독한 성정이 추구하는 바는 한결같다.

무엇이 되었든 거슬리는 모든 것을 부셔 버린다!

진무광은 힘으로 묵현의 공격을 눌러 버릴 생각이었다.

그리고 실제로도 그 정도 힘은 가지고 있었다.

타오를 것 같은 붉은 기운이 더욱 붉어지며 도신을 감쌌다.

그렇게 진무광과 묵현, 둘이 서로 충돌하기 직전, 갑작스레 찢어질 듯한 비명이 대기를 갈랐다.

"꺄악! 뭐하는 거예요!"

그것은 신모중과 함께 장내에 들어선 진하은의 날 선 목소리였다.

순간 진무광은 자신이 너무 흥분했음을 깨달았다.

이러려고 묵현을 도발한 것이 아님에도 무인이라면 누구나 지니고 있는 호승심이 그를 부추겼다.

자칫 잘못했으면 일을 그르칠 뻔한 것이다.

휘익-.

진무광은 재빨리 도를 틀어 방향을 바꿨다.

쾅!

묵현 바로 앞 바닥이 깊게 파이며 충격파로 바닥이 부서졌다.

진무광은 내심 숨을 들이키며 다행이라 생각했다.

 시의적절하게 진하은이 등장했으니 망정이지, 아니었다면 결과는 자신이 생각해 봐도 최악이 되었을 것이다.

 "쿨럭!"

 묵현은 결국 참지 못하고 다시금 피를 토해 냈다.

 "꺄악!"

 진하은의 비명이 뒤를 따랐다.

 "후우."

 진무광은 잠시 신색을 회복하고 다시 무심한 눈길로 묵현을 바라보았다.

 "흠, 흠. 너무 흥분했었군."

 성정이 불같다 하여도 일대종사답게 겉으로는 냉정함을 유지했는데 이번만은 달랐다.

 아무래도 처음 묵현의 신위를 마주해서 생겨난 파문인 듯했다.

 덕분에 무안함으로 진무광의 얼굴이 붉어졌다.

 그제야 묵현 역시 진무광이 일부러 자신을 도발했음을 알았다.

 하긴 갑자기 자신을 압박해 왔으니 그것이 당연한 것인지도 몰랐다.

 문제는 그런 상황 자체를 깨닫기도 전에 튀어나온 자신의 성질이지만 말이다.

"……?"

묵현은 의문에 찬 눈빛으로 진무광을 보았다.

상황 자체는 이해했지만 그가 왜 일부러 도발한 것인지 연유를 몰랐기 때문이다.

그리고 이 자리에 진하은이 등장한 것 역시 이해하기 어려웠다.

게다가 진하은이 평소 모습과 달리 호들갑을 떨고 있는 것 역시 묵현의 머리로는 도무지 이해 못 할 광경이었다.

진무광은 그런 묵현의 눈빛을 외면한 채 어떻게 이야기를 풀어야 하나 고민했다.

처음 생각한 대로 일을 밀어붙이기에는 상황 자체가 애매해져 버렸다.

여기서 뜬금없이 딸 문제를 이야기하기에는 분위기가 좋지 않았다.

'끙, 미치겠군.'

진무광은 잔뜩 미간을 찌푸렸다.

그런데 그때였다.

"주군!"

귓가를 자극하는 목소리에 진무광의 미간은 더더욱 깊게 골이 파였다.

이번에는 묵현을 베지 않은 자신의 행동을 가지고 북악수사 신모중이 소리를 지르는 것이 아닌가.

"그만!"
진무광은 손을 들어 신모중이 하려는 말을 막았다.
"물러 가라!"
신모중의 역할은 이것으로 충분했다.
더 이상은 방해만 될 뿐이다.
"더 이상의 의견은 허하지 않는다!"
그래서 이번에는 진정 기운을 담아 말했다.
"존명!"
 신모중은 그런 진무광을 향해 뭔가 할 말이 잔뜩 있다는 표정을 지으며 입을 오물거렸지만 이내 고개를 푹 숙이고 물러났다.
 진무광의 기세는 대전에서와 달리 반드시 베어 버리겠다는 의지가 보였기 때문이다.
 그가 그리 마음먹었다면 따르는 것이 수하된 자의 몫이리라.
 진무광은 신모중이 물러서는 모습을 지켜본 후 다시 묵현과 눈을 마주치며 어색한 웃음을 지었다.
"흠, 흠."
무슨 말부터 해야 할까?
아니 어떻게 말을 이어 나갈까?
 무수히 많은 단어의 나열이 머리에서 조합되었다가 지워지기를 여러 번.

진무광은 천천히 말을 이어 갔다.
"솔직히 과하게 흥분한 것은 인정하지. 하나!"
결국 진무광은 억지를 쓰기로 마음먹었다.
어차피 일이 이렇게 된 이상 미적거린다고 될 일도 아니었다.
"분명 자네가 본 천을 무시한 것 역시 사실!"
이는 분명 틀린 말이 아니었다.
"하여 제안을 하지."
"……?"
묵현은 진무광이 무슨 이야기를 할지 도통 감을 잡을 수가 없었다.
사실 마음 같아서는 지금 당장이라도 드러누워 쉬고 싶었다.
억지로 버티고 선 것이지 몸 상태가 정상이 아니었다.
진무광은 그런 묵현의 상황은 전혀 고려하지 않고 곧 일어날 일에 대한 상상으로 살며시 새어 나오는 웃음을 참아내느라 이를 악물었다.
"너도 여기 와서 서거라."
먼저 한쪽에서 묵현을 보며 어쩔 줄 몰라 하는 진하은을 불렀다.
그리고 잠시 심호흡을 한 다음 입을 열었다.
"내 제안은 단순하네."

먼저 묵현을 본 다음 진하은을 봤다.

암만 봐도 참으로 잘 어울리는 한 쌍이라는 생각이 들었다.

진무광은 이어 다시 입을 열었다.

"내 딸을 자네 배우자로 맞이하겠는가, 아니면 둘 다 여기서 죽을 텐가."

순간 무슨 말인지 이해를 못 한 묵현이 고개를 갸웃거렸다.

자신이 들은 말이 맞는 것인지 재차 확인하고 싶었다.

그만큼 진무광이 꺼낸 말은 충격적이었다.

"에엑?"

그것은 진하은 역시 마찬가지였다.

갑자기 자신을 이곳으로 불러서 한다는 말이 너무도 뜬금없었다.

순간 두 눈을 동그랗게 뜨고 할 말을 잃어버렸다.

모든 것이 너무도 갑작스러웠다.

하지만 그리 싫지만은 않았다.

사실 은근히 묵현의 대답이 기대가 되기도 했다.

진무광은 그런 둘의 반응을 즐기며 천천히 도를 들어 묵현의 미간을 겨누었다.

"내 듣자니 내 딸아이가 자네를 마음에 들어 하는 분위기라 그러더군. 규중처자의 청명이 더럽혀진 것이니, 이제 자네가 결정하게. 자네가 이것마저 거절하면 나는 둘 모두를 베어야 하네."

자신이 제안한 이상 결과는 둘 중 하나였다.

만약 묵현이 거절한다면 최악의 상황이 되는 것이다.

"게다가 자네가 이 결혼을 받아들이면 가족이 되는 것이니, 자네가 행한 일 역시 묻어 둘 수 있네. 어떤가, 자네의 생각은?"

진무광은 순간 묵현의 입에 집중하며 자신도 모르게 긴장됨을 느꼈다.

이런 게 딸 가진 자의 마음이런가.

꿀꺽.

침이 바싹바싹 말랐다.

두근! 두근!

진하은은 아무것도 들리지 않았다.

그저 묵현의 입만 주시할 뿐이었다.

묵현은 이 모든 상황이 혼란스럽기만 했다.

'……?'

이해도 되지 않았다.

갑작스런 청혼에 무슨 대답을 해야 할지 머리가 하얗게 비어 버렸다.

제아무리 대범한 사람이라도 이 순간이 되면 당황하기 마련이다.

묵현은 이 모든 게 환상같이 느껴졌다.

하지만 이내 현실임을 깨달았다.

미간을 찌르는 예기를 눈앞에 두고 착각할 자신이 아니었다.

순간 묵현의 머릿속이 뒤죽박죽이 되어 버렸다.

무수히 많은 생각이 떠올랐다가 사라지기를 반복했다.

어떤 대답을 해야 할지 가늠하기 어려웠다.

그러다 슬며시 진하은의 눈치를 살폈다.

다행이랄까?

이 갑작스런 사태를 맞이한 그녀에게서 싫은 기색은 보이지 않았다.

묵현은 가만히 생각했다.

상황에 떠밀려 결정할 일이 아니었다.

혼인을 괜히 인륜지대사라 하는 게 아니리라.

첫 만남부터 시작해서 지금까지 무수히 많은 표정의 진하은이 묵현의 가슴에 그려졌다.

그 속에서 묵현은 하나의 감정을 느낄 수 있었다.

그것은 따스함이다.

스스로 어느 정도 호감을 가졌다 생각한 감정이 어느새 커져 있었다.

끄덕.

이윽고 결심을 마친 묵현의 고개가 끄덕여졌다.

"그 제안 받아들입니다."

진무광은 행여나 묵현이 번복할까 싶어 재빨리 말을 받아 대답했다.

"허허, 잘 생각했네. 사위!"

그리고 진하은은 자신도 모르게 묵현의 대답이 끝남과 동시에 주르륵 눈물을 흘렸다.

묵현의 결정에 대한 기쁨의 눈물이었고, 동시에 피에 절은 그의 모습이 안타까워 흘리는 눈물이었다.

"그럼……."

더 버티기 어려웠던 묵현은 뭔가 말을 이으려 입을 열었다가 이내 그대로 정신을 잃어버렸다.

"꺄악!"

동시에 진하은의 비명이 터졌고, 진무광의 외침이 뒤를 이었다.

"뭣들 하느냐! 서둘러 옮기지 않고!"

그렇게 치열한 격전의 하루가 저물고 있었다.

    *   *   *

격정적인 하루가 지났다.

사람이 무쇠가 아니듯 묵현 역시 무적은 아니다.

누구나 그렇겠지만 무리하면 탈이 나는 법이다.

적절한 휴식이 필요한 것 역시 그러한 한계성 때문이다.

묵현 역시 지난날의 격전으로 많은 것을 얻었고, 많은 것을 잃었다.

복수에 한 걸음 다가선 것이야 두말할 필요도 없고, 의도한 결과는 아니지만 어쨌건 평생을 함께할 인연 역시 얻었다.

하나, 격전은 묵현에게 자잘한 상처를 주었고, 언제나 지칠 줄 모르던 체력은 옛말이 되어 버렸다.

지독한 피로감에 전신에서는 기운이 하나도 없었고, 온몸에서 찢어지는 것 같은 고통이 몰려왔다.

얼마 만에 느껴 보는 감각인지.

단순히 결과만 따진다면 묵현은 한동안 충분한 휴식을 취해야 할 상황이었다.

그것은 외상의 문제만이 아니었기 때문이다.

무리한 내기의 사용으로 묵현의 내부는 말이 아니었다.

어디 그것뿐이랴.

한계를 넘어선 움직임은 근육에도 손상을 주었다.

지금 상황에서는 누구라도 충분히 쉬어야 한다.

그만큼 묵현의 용태는 좋지 않았다.

아니, 족히 몇 달은 정양해야 할 정도였다.

하나 묵현은 넋 놓고 쉬지 않았다.

육신의 문제야 어쩔 수 없다지만 심상으로도 할 수 있는 수련이 얼마나 많던가.

게다가 아직 채 다 체득하지 못한 깨달음이 있었다.

청해혈마와의 사투를 시작으로 이어진 수많은 격전들.

'지독한 나날이었다.'

묵현은 그때를 반추하며 고개를 저었다.

만약 다시 그렇게 행동하라면 쉽지 않을 것 같았다.

그만큼 지난 몇 달간 묵현이 지나온 길은 그야말로 처절한 사투의 연속이었다.

게다가 수많은 격전은 묵현에게 많은 숙제를 안겨 주었다.

깨달음.

한계를 넘어선 도전이 얻어 낸 값진 대가였다.

무수히 많은 깨달음을 온전히 수습한다면 충분히 벽을 넘어설 수 있으리라.

그만큼 묵현이 얻은 깨달음은 깊고도 다양했다.

지금까지는 그것들을 수습할 여유가 없었다.

오직 적을 베고, 베어 내는 길의 연속이었다.

그것은 단순히 복수라는 명제 때문만은 아니었다.

끝없이 달려드는 적들을 맞이해 스스로를 지키려 하다 보니 이어진 사투였다.

'칠성회!'

진정 지독한 무리들이다.

한편으로는 두렵기도 했다.

지금까지 강호를 종횡하며 단 한 번도 겪어 보지 못했던 기이한 수법들.

그것들은 단지 독특할 뿐만 아니라 치명적이기도 했다.

'부군사 조하숭……'

만약 마지막 순간, 하나의 깨달음이 없었다면 이 자리에 서 있는 것은 조하숭이 되었을 것이다.

그만큼 그가, 그의 수하들이 보인 능력은 가공했었다.

그것은 절대의 부동지안 묵혈지안으로도 파악하기 어려운 수법이었다.

묵현은 그때 묵혈지안이 만능이 아님을 새삼 절감했다.

아직 묵혈지안에도 보완해야 할 점이 많았다.

어디 그것뿐이겠는가.

최강의 방패라 이르던 묵룡간 역시 이번 격전에서 한계를 명확히 보였다.

당대 묵혈위사에게는 하나의 의무가 암묵적으로 존재한다.

그것은 묵가의 무공이 지닌 한계를 보완해야 하는 것이다.

묵현 역시 묵혈위사, 의무에서 자유롭지 못하다.

아니 단순히 의무감 때문이 아니라 앞으로 있을 칠성회와의 결전을 위해서라도 이런 한계점은 보완해야만 했다.

몸이 정상이라면 육체의 고단함을 통해 그것을 극복할 실마리를 찾겠지만 지금은 그럴 수 없다.

그리고 경지에 오른 무인에게 있어 육체의 수련이 전부는 아니었다.

때론 심상으로 이루어진 수련이 더 효과적일 때가 있다.

이번에 느낀 한계들은 많은 숙고가 필요한 부분이 존재했다.

그렇기에 어쩌면 심상 수련만이 유일한 대안일지 모른다.

생각이 꼬리에 꼬리를 물며 지나온 격전이 점차 머리에서 뚜렷해졌다.

격전의 순간에는 그냥 지나쳤던 부분까지도 머리에 하나씩 떠오르기 시작했다.

그때부터 묵현의 수련은 시작되었다.

묵현은 하루의 대부분을 눈을 감고 보냈다.

사고가 확장되고 깊어질수록 감겨진 눈은 떠질 줄 몰랐다.

덕분에 골이 난 것은 진하은이었다.

전날 부끄러움을 무릅쓰고 고백했건만 묵현이란 사내는 여전히 무뚝뚝하다.

그것뿐이 아니다.

걱정이 되어 찾아왔더니 묵현의 입에서는 따뜻한 말 한마디 나오지 않았다.

못내 서운한 마음에 진하은은 묵현에게 볼멘소리를 했지만 그것 역시 소용없었다. 무심한 사내라는 것은 알았지만 참으로 너무한다 싶었다.

"하아."

한숨이 절로 새어 나왔다.

하지만 어쩌겠는가.

자신이 이 모습에 반해 버린 것을.

결국 진하은 자신이 할 수 있는 것을 행했다. 최대한 묵현의 회복을 돕는 일이었다. 그래도 못내 서운한 마음을 완전히 털어 낼 수는 없었다.

탁.

묵현의 앞에 음식을 내려놓는 손길이 거친 것은 그런 심사 때문이었다.

"드시고 하세요."

하지만 여전히 염려스러운 마음은 변치 않았다.

누가 그랬던가.

사랑에 눈먼 딸이야말로 가산을 탕진하는 가장 큰 도둑이라고.

진하은이 가지고 온 탕약은 단순한 약이 아니었다.

북천성 비고에 꼭꼭 숨겨졌던 무수히 많은 영약이 이 탕약을 위해 희생되었다.

단지 내상 회복만이 아닌, 이참에 내공의 증진마저 이루라고 진하은이 손수 모든 것을 챙겼다.

패천진가가 지금까지 모아 왔던 수많은 영약들이 진하은의 손에 의해 졸지에 보약이 되어 버린 것이다.

당장이라도 강호에 유출되면 피바람이 불 것들이건만 진하은에게는 중요하지 않았다.

오직 묵현의 건강만이 중요했다.

오죽하면 진하은의 행동 때문에 내당을 책임지고 있는 현기서생 상도명이 연일 자신의 머리를 부여잡고 비명을 지르는 일이 북천성 내에서 일상이 되어 버릴 지경이었다.

사실 이 정도면 지극 정성이라는 말이 무색할 지경이라 할 수 있었다.

묵현 역시 그런 진하은의 속내를 어찌 모르겠는가.

그도 사람인 이상 깊은 마음을 충분히 느끼고 늘 고마워했다.

다만 아직 표현하는 게 어색했을 뿐이다.

태생이 그러하니 그저 미안했다.

"고, 고맙다."

그래도 조금이나마 표현하려 노력은 했다.

잔뜩 벌게진 얼굴로 힘겹게 입을 여는 모습은 과거의 묵현이라면 상상하기 어려운 광경이었다.

진하은 역시 그 모습이 싫지 않았기에 서운하면서도 가끔이나마 즐거울 수 있었다.

씨익.

"피, 얼른 먹고 낫기나 해요! 약골도 아니고!"

누가 과연 상상이나 했을까.

묵광 묵현에게 약골이라는 소리를 하는 사람이 생길 줄이야.

하나 진하은의 눈에 묵현은 더 이상 강자가 아니었다.

피를 뚝뚝 흘리며 힘겹게 검에 의지해 몸을 지탱하던 그때부터, 진하은에게 있어 묵현은 늘 약하고 걱정되는 사람이 되어 버렸다.

'약골이라?'

묵현 역시 처음 들어 본 단어에 어색하기는 마찬가지였다.

하지만 그게 그리 싫지만은 않았다.

왠지 모를 따스한 느낌.

'뭐 이것도 나쁘지는 않겠지.'

아직도 청혼을 받아들인 것이 실감이 나는 건 아니지만, 묵현은 정감 어린 표정으로 진하은의 모습을 두 눈에 담았다.

*　　　　*　　　　*

누가 그랬던가.

때론 휴식만이 줄 수 있는 깨달음이 있다고.

묵현의 입장에서 그것은 진실이 되었다.

매일 진하은의 극성맞은 간병을 받으며 몸을 추스르기를 며칠, 상처투성이였던 신체는 어느새 본래의 모습을 찾아갔다.

그런 묵현을 진료하던 의원들은 다들 혀를 내두르며 강골이라 했지만, 묵현 자신은 내심 회복이 더디다고만 생각했다.

아직 갈 길이 멀었다.

수련 역시 이제 겨우 실마리만 잡았을 뿐이었다.

이윽고 어느 정도 몸을 추스른 묵현은 곧바로 자리를 털고 일어났다.

진하은은 그런 묵현에게 잔소리를 했지만 이내 포기하고 말았다.

워낙 그의 의지가 강하다 보니 더 말리기가 어려웠던 것이다.

그렇게 묵현은 암묵적으로 진하은의 허락을 득한 이후 지독하게 자신을 몰아치기 시작했다.

이미 어느 정도 심상으로 깨달음을 구체화해 놓기는 했다. 남은 것은 그것을 얼마나 육체가 받아들일 수 있느냐에 달렸다.

사실 조하승과의 결전에서 깨달았던 묵혈지안의 또 다른

공능을 온전히 얻기 위해서는 그러한 과정이 반드시 필요했다.

 오랜 단련으로 단단하다 생각했던 육체를 가지고도 버티지 못한 움직임들이다.

 지금이야 상관없지만 앞으로 또다시 그럴 경우 치명적 문제가 발생할 소지가 컸다.

 매번 위기가 닥쳤을 때 묵현은 자신도 모르게 그것을 펼칠 것이다.

 아니 죽기 싫어서라도 써야 한다.

 그런데 그럴 때마다 매번 육체가 붕괴되기를 반복한다면, 어느 순간 몸이 정상으로 돌아오지 못할 수도 있었다.

 인간의 신체 회복력이 무한하지는 않을 테니 반드시 그 해결책을 찾아야 했다.

 묵현은 그것을 끝없는 단련에서 찾으려 했다.

 내공이 깊어지고 무공의 수위가 높아지며 등한시했던 외공의 단련.

 사실 묵현 정도가 되면 굳이 육체를 단련한다고 큰 득을 보지 못한다.

 그것은 묵현 역시 같은 생각이었다.

 그런데 그런 생각 자체가 오만이었던 것이다.

 수련을 거듭하면 할수록 점차 강건해지는 육체를 보며 묵현은 그간 자신이 얼마나 잘못 생각했는지 새삼 깨달을

춘풍연풍(春風戀風) 263

수 있었다.

인간의 육체는 한계가 존재하지 않았던 것이다.

두드리면 두드릴수록 더욱 강해졌다.

정기신(精氣神)의 일체화.

묵현은 그에게 가장 선결해야 될 과제가 그것이라 생각했다.

그간 인지하지 못했으나 지금은 달랐다.

묘하게 어긋한 균형.

묵현은 그것을 바로잡기 위해 노력하고 노력했다.

묵상을 통해 스스로를 관조했고, 내외공의 균형 있는 수련으로 하루를 전부 다 채웠다.

꽉 짜인 일상, 규칙적인 생활 속에서 묵현은 점점 강해지는 자신을 느낄 수 있었다.

그것만이 아니었다.

자의였건, 타의에 의해서건 묵현의 내부에는 많은 영약의 기운이 채 녹지 못한 채 남아 있었다.

내외공의 균형 잡힌 수련을 통해 그것들도 충분히 소화될 수 있게 만들었다.

스스로에 대한 관조는, 그간 지나친 무수히 많은 깨달음과 전대 묵혈위사들이 남겨 놓은 심득을 재정립하는 데 큰 도움이 되었다.

그 와중에 묵현은 자신이 얼마나 미약한 존재였음을 느

끼고, 또 느꼈다.

　스스로 다 체득했다고 생각했던 전대 묵혈위사의 유진이 사실은 수박 겉핥기 수준이었음을 느꼈을 때는 쥐구멍이라도 숨고 싶은 심정이었다.

　그만큼 전대 묵혈위사들은 너무도 많은 것을 남겨 두었다.

　그것을 수습하고 다시 익히는 내내 묵현은 감탄에 감탄을 거듭했다.

　총 열두 초식으로 이뤄진 묵룡검조차 새롭게 다가왔다.

　안다고 생각했던 것들이 전부가 아님을 마주했을 때 묵현은 큰 도약을 할 수 있었다.

　그것은 수많은 깨달음이 모여 만든 결과였다.

　스르릉.

　자신이 생각했을 때 어느 정도 충분하다 생각되었을 때에야 묵현은 검을 들었다.

　자신이 얼마나 성장했는지도 알고 싶었다.

　묵현의 손에 들린 묵검은 오랜만에 해후한 주인과의 만남이 반가운지 가벼운 검명을 토해 냈다. 그것은 과거에는 느끼지 못했던 역동적인 느낌이었다.

　묵룡검 열두 초식, 서른여섯의 묵혈위사가 남긴 각자의 검의, 거기에 스스로 심득을 얻어 새로 정리한 자신만의 검까지, 도합 사백마흔네 개의 초식들.

그것은 광활한 검의 바다였다.

세월의 힘이 녹여 낸 절정의 검학들이 허공을 가르고 공간을 베었다.

어느 것 하나 똑같은 초식은 없었지만, 모든 것이 묵룡검이라는 거대한 울타리 안에 존재하고 있었다.

제일초 묵룡참을 시작으로 묵룡혈, 묵룡운, 묵룡풍, 묵룡뇌, 묵룡환에 이르는 전 육식은 자연스레 뼈대를 이루었다.

그리고 제칠초 묵룡철벽, 묵룡군림, 묵룡승천, 묵룡진천, 묵룡앙천, 묵룡광천으로 이어지는 후 육식은 전 육식의 토대 위에 활짝 만개하여 진정한 묵룡검의 위용을 그려 냈다.

그 어느 누가 이를 보고 묵룡검이 대단치 않다 하리요!

바로 이것이 묵가 천여 년 세월이 빚어낸 진정한 검의 모습이었다.

번뜩이는 섬광이 지나가면 안에서 명멸하는 거대한 힘의 파도가 주변을 휩쓸었다.

묵현이 마지막 초식을 펼치는 순간까지 모든 공간에서 묵룡의 포효가 울려 퍼졌고, 묵룡이 지나간 자리에는 절대적 위엄만이 존재했다.

비로소 묵현 역시 진정한 묵룡검의 모습을 목도하며 스스로를 다잡기 위한 지난했던 수련이 끝났다. 그리고 때를 같이해 공형에게서 연락이 왔다.
 아니 정확히는 묵룡 사조가 묵현을 찾아왔다.

 "오랜만입니다, 교관님."
 "곧 결혼하신다면서욧!"
 묵룡 사조는 묵현을 보자마자 가벼운 안부 인사와 함께 득달같이 진하은과의 사이에 있었던 일들을 묻기에 바빴다.
 묵현은 그런 묵룡 사조의 질문에 적절히 대답하며 그간의 안부를 주고받았다. 또 다들 복장이 원행을 나갈 때의 모습이라 그것에 대해 물었다.
 "그래, 그런데 어쩐 일이지?"
 "소림에서 묵혈위사의 유진을 수습하러 오라고 했습니다, 교관님."
 묵룡 사조가 가져온 소식, 그것은 소림에서의 초청이었다. 또한 공형의 당부 역시 있었다.
 공형의 당부가 아니어도 일단 묵혈위사에 관한 이야기가 나온 이상 묵현 자신이 움직이는 게 당연하다고 생각했다.
 묵현은 소식을 들은 즉시 움직일 준비를 마쳤다.
 이번에는 묵룡 사조도 함께했다.
 따라가겠다고 떼를 쓰던 진하은을 떨쳐 내느라 힘겨웠지

춘풍연풍(春風戀風) 267

만 아직은 함께할 상황이 아니었다.
 아니, 이제 더 이상 북천 내에서의 호위는 끝났다.
 지금은 소림에서 찾아온 소식이 더 중요했다.
 묵현은 그 길로 묵룡 사조를 이끌고 걸음을 옮겼다.

第九章

소림사(少林寺)

남존북두.
중원 무림을 가르는 두 개의 크나큰 힘.
세인들은 말했다.
남쪽의 소림과 북쪽의 무당, 이 두 문파만이 진정한 무의 근원이요 요람이라고.
그러나 그들의 영화 역시 지금에 이르러 한낱 과거의 이야기가 되었으니…….
화무십일홍이요, 권불십년이라.
세월의 무상함에 퇴락한 영화가 지나간 과거를 그리워한다.
아니 세인들의 시선만이 오직 그럴 뿐이다.

정작 두 문파의 무인들은 그런 그들의 시선에서 벗어나 그들만의 깨우침에 정진하며 조용히 몸을 웅크리고 있었다.

이미 유명무실해진 정도맹이건만, 소림과 무당만으로 위명이 유지되고 있음 역시 그런 까닭이다.

하나 과거에 비해 영화가 퇴색된 것은 사실이긴 했다.

더 이상 강호는 소림과 무당을 존중하지 않았다.

수많은 세력이 난립하고 혼란으로 치닫고 있는 지금, 강호에서 가장 중요한 것은 힘이요 무력이었지 소림과 무당의 청정함이 아니었다.

그랬기에 강호는 소림과 무당의 그늘을 벗어던졌다.

사천련이 그리 만들어졌고, 세가회와 북천성, 남황맹의 난립 역시 그러하다.

어디 그것뿐이랴.

무당이 스스로 검을 드러내지 않자 무당산을 오르던 수많은 검사들의 발길이 잦아들었다.

해검지를 가득 메웠던 수많은 병기들은 그림자를 찾아보기 어려워졌고, 무당산 아래 줄지어 늘어선 수많은 객잔은 더 이상 만원이 아니었다.

그리하여 무당산은 과거 본연의 모습으로 돌아가 있었다.

진정한 도가의 도장.

무당은 순수함을 찾은 대신 가난을 택했다.

소림이라고 사정이 다르지는 않았다.

불가에 귀의하였으니 세속의 영화가 무슨 소용이겠냐 싶지만, 소림의 퇴락은 주변의 풍경을 바꿔 버렸다.

과거 하남성 등봉현의 거리는 무당이 위치한 호북성 균현과 흡사하게 많은 객잔이 성황을 이뤘고 수많은 이들의 발길이 이곳을 찾았었다.

하나 지금은 그런 과거의 영화를 어디에서도 찾아보기 어려웠다.

세파의 부름에 응하지 않고 오직 불도의 정진만을 바라며 몸을 낮춘 소림사.

그런 그들의 움직임은 많은 무림인들의 발길을 끊게 만들었다. 그렇지 않았다면 이렇게 소림을 오르는 길이 한산하지는 않았으리라.

한때 입추의 여지가 없을 정도로 많았던 향화객은 다 어디로 간 것인지…….

묵현은 풍경을 눈에 담으며 고소를 베어 물었다.

어디나 같다.

세월의 흐름 앞에, 힘이라는 마물 앞에 영화는 영원할 수 없음이다.

그것이 마치 묵가의 모습을 비추는 것 같아 마음이 편치 않았다.

언제나 겸애와 청빈의 정신으로 은둔의 삶을 살아간 묵학도.

하나 사람들은 그런 묵학도를 기억했고 많은 이들이 찾았었다.

그러나 삼천현의 혈사가 있었던 그날 이후, 누구도 찾지 않는다.

아니 강호가 외면했었다.

그 어느 누구 하나 흉수의 정체를 찾기 위해 움직이지 않았다.

단지 몇몇이 그러했으나 그들 역시 불귀의 객이 되어 버린 지금, 그때의 감상이 자꾸만 치밀어 올랐다.

반봉문한 상태가 되어 버린 소림의 쓸쓸함이 묘하게 가슴을 파고들었다.

하나 그것은 단지 오르는 길의 풍경이었을 뿐이다.

묵현과 묵룡위가 쉼 없이 걸어 올라간 소실봉 중턱, 그곳에 문을 연 소림사의 모습은 단지 존재함으로써 바라보는 모두를 압도했다.

제일 처음 그들을 맞이하는 산문에서 느껴지는 진한 불가의 향기를 시작으로, 뒤 이어 모습을 보이고 서 있는 천왕전, 대웅보전, 장격각에 이르기까지. 세월이 주는 거대한 힘 앞에 절로 경건한 마음이 우러났다.

바로 이것이 소림이 지닌 진실된 힘이리라.

묵현은 가만히 고개를 끄덕였다.

과연 명불허전이었다.

자신도 모르게 그런 소림사의 분위기에 취해 탈속함에 대한 감흥마저 얻을 수 있었다.

 그래서 불처를 믿지 않음에도 먼저 나서서 산문을 지키고 서 있는 무승들을 향해 합장으로 인사를 건넸다.

 "아미타불."

 그러자 상대 역시 맑은 웃음으로 화답하며 묵현에게 물어 왔다.

 "무슨 일로 본 사를 찾으셨습니까?"

 보통 소림사를 찾는 인원은 두 종류에 국한된다.

 무인과 무인이 아닌 자.

 무인이 아닌 단순한 향화객의 경우 산문을 지키고 선 지객승들이 찾아온 용건을 묻지 않는다.

 지금처럼 용건을 묻는 것은 묵현과 묵룡 사조가 다들 검을 패용하고 있기 때문이었다.

 단순한 패검이 아닌 이상, 그것만으로도 무인이라 부르는 게 당연했다.

 묵현 역시 그러한 사실을 알고 있었기에 품에서 소림에게 받은 서신을 꺼내 건넸다.

 "아미타불, 명성이 자자하신 묵 시주셨구려. 빈승은 원화라고 합니다. 저를 따라오시지요."

 원화는 산문을 지키는 나머지 승려에게 간단한 말 몇 마디를 해 준 후 묵현 일행을 이끌고 산문 안으로 들어섰다.

그리고는 곧바로 소림사 방장이 거하는 방장실로 걸음을 옮기기 시작했다.

 덕분에 묵현 일행은 유구한 역사가 만든 고색창연한 사찰의 모습을 온전히 두 눈에 담는 행운을 누릴 수 있었다.

 사실 지금과 같은 경우는 무척 이례적이라 할 수 있었다.

 소림을 방문한 이는 누가 되었든 먼저 지객당에 머물게 되고, 또 용무가 있는 사람 역시 지객당에 가서 손님을 맞이하는 게 일반적인 경우였다.

 묵현 역시 그러한 사실을 알았기에 속으로 이번 일이 그리 간단치 않음을 느꼈다.

 "흐음."

 처음에는 단순히 묵혈위사의 유진을 수습하러 가볍게 나선 길이었지만, 왠지 일이 그리 쉽게 끝날 것 같지 않았다.

 그래서 주위를 돌아보기 여념 없던 묵룡 사조를 향해 전음을 흘렸다.

 "모두 정신 차리고 혹시 모를 사태에 대비하라."

 묵현 역시 굳은 신색으로 긴장을 풀지 않았다.

 앞서 가던 원화는 그런 묵현 일행의 변화를 눈치챘으나 내색하지 않고 묵묵히 걷기만 했다.

 소림이 이들에게 해를 가하기 위해 부른 것이 아님을 알고 있었기 때문이다.

 그리고 한편으로는 소림에 들어서서 전혀 긴장하는 모습

이 아니었던 게 내심 못마땅해서 더더욱 모른 척했다.

지금이야 비록 산문의 가르침 때문에 강호에 나서지 않고 있다지만 이곳이 어디던가.

불문 무학의 종주이자 중원 무림을 오랫동안 영도했던 소림이다.

그런 소림사를 방문한 이들 중에 단 한 명도 경건하지 않거나 긴장하지 않았던 이가 없었다.

원화는 그것이 당연하다 생각했다.

그랬기에 묵현 일행의 변화는 지극히 당연한 풍경이었다.

적어도 원화에게 있어서는 그랬다.

그런 원화의 심술 덕에 묵현 일행은 때아닌 긴장으로 다들 주변에 대한 감상을 느낄 여유가 사라져 버렸다.

무방비 상태일 때나 순수하게 사찰의 고색창연함에 경탄하며 감상하지, 지금과 같은 상황에서는 그것보다는 최적의 퇴로를 찾는 일이 더 중요했다.

무인에게 있어 적절한 긴장은 당연한 일이겠지만 오랫동안 극도로 긴장하는 것은 피곤을 동반했다.

그러다 보니 서안을 출발한 이래 편히 쉬지 못하고 이곳까지 강행군을 한 묵룡 사조의 입장에서는 죽을 맛이었다.

그렇다고 주변 경계를 소홀히 할 수도 없었다.

당장이라도 등을 뚫어 버릴 듯 날카로운 묵현의 번뜩이는 눈빛 앞에서 감히 태만할 수 있을 정도로 배짱이 좋은

이는 묵룡 사조 내에는 없었다.

그러다 보니 원화가 이끄는 대로 소림사 방장실까지 다가왔을 때가 되자 묵룡 사조의 피로는 극에 이르러 있었다.

게다가 그들의 기세는 처음 산문을 통과할 때와는 전혀 다르게 지극히 날카로워졌다.

그에 반해 묵현은 어느 정도 여유가 있었다.

긴장을 유지하였지만, 그렇다고 일말의 여유를 누리지 못할 만큼 약자도 아니었다.

결국 방장실 앞에 왔을 때 평온한 신색을 보이는 건 묵현 말고는 없었다.

'훗! 쌤통이다!'

원화는 그 모습을 지켜보며 혼자 속으로 웃었다.

그리고 차분한 목소리로 방장실에 묵현 일행의 도착을 알렸다.

"방장 스님, 기다리시던 손님들이 도착했습니다."

그러자 곧 안에서 화답이 있었다.

"아미타불, 원화는 손님을 안으로 뫼셔라."

원화는 조용히 읍한 후 묵현 일행을 향해 예의 반장을 올렸다.

"아미타불. 드시지요, 시주님들."

그에 묵현이 대표로 인사를 했다.

"수고 많으셨습니다, 원화 스님."

안에서 대답이 들린 이상 원화에게 허락된 걸음은 여기까지였다.

 원화는 묵현의 인사에 가만히 고개를 숙여 보인 후 몸을 돌려 왔던 길을 다시 돌아갔다.

 묵현은 그런 원화의 뒷모습을 배웅한 후 잠시 방장실 앞에 멈춰 섰다.

 그리고 은밀히 방 안의 기척을 살핀 결과, 안에서는 한 사람의 인기척만이 느껴졌다. 그래도 혹시 모를 일이라 묵현은 묵룡 사조에게 다시 전음을 날렸다.

 "이곳에서 대기하도록."

 최악의 상황을 대비하기 위함이었다.

 게다가 사실 묵혈위사에 관한 일이라면 묵현 혼자 들어선다고 해도 문제가 될 것은 없었다.

 어차피 묵혈위사는 당대에 오직 하나뿐이었으니까.

 드르륵.

 묵현은 가볍게 묵룡 사조와 일별한 후 조심스레 방장실 문을 열고 안으로 들어섰다.

 안에는 하얀 수염을 길게 기른 노승이 편안한 미소와 함께 좌정해 있었다.

 노승의 미소는 누구라도 마주하면 마음이 편해질 것만 같았다.

 그러나 묵현은 마음을 놓지 않았다.

소림사(少林寺) 279

'고수!'

오히려 암암리에 상대의 내력을 파악하며 더더욱 긴장했다.

신승이라고까지 불리는 당대 소림 방장, 광표의 무위가 설마 낮을까마는 은연중에 느껴지는 기세만으로도 묵현을 긴장시키기에 충분했다.

광표는 그런 묵현을 그저 빙그레 웃음으로 대할 뿐이었다. 거기에는 약간 장난스런 눈빛이 포함되어 있었다.

마치 재미난 장난감을 마주한 것 같은 그런 눈빛이었다.

'무슨 눈빛이!'

묵현은 그런 광표와 눈을 마주한 순간 아득한 느낌이 들었다.

맑아도 너무 맑았다.

마치 자신이 발가벗고 서 있는 것 같은 생각마저 들 정도로 광표의 눈은 티 없이 맑고 깊었다.

묵현은 그 깊은 눈빛에 대항하지 못하고 가만히 고개를 숙여 보인 후 광표의 반대편에 마주 앉았다.

그러자 광표는 준비한 차를 내어놓으며 입을 열었다.

"누추한 선방이라 대접할 것이 마땅치 않군요. 드시지요, 시주."

묵현은 그런 광표의 친절을 거부하려 했다.

아직 상대의 의중을 모르는 이상 사서 위험을 안고 갈 필요는 없었다.

차에 든 것이 독인지 어찌 알겠는가.

괜히 열 길 물속은 알아도 한 길 사람 속은 모른다 하는 게 아니다.

게다가 암류, 아니 칠성회로 인해 묵현은 어느 누구도 믿지 않았다.

그렇기에 스스로 확인한 것이 아니면 먹지 않았었다.

그런데 이번에는 달랐다.

정도의 위명이 쟁쟁한 소림사이기 때문은 아니었다.

소림이라고 적들이 없으리라는 보장은 없다.

단지 깊고도 맑은 눈으로 가만히 응시해 오는 광료의 눈빛을 이기지 못했을 뿐이다.

하나 그렇다고 무턱대고 먼저 입에 털거나 그렇지는 않았다.

"흐음."

먼저 향을 통해 위험성을 알아봤다.

다행히 폐부를 씻어 내리는 깊은 향에는 어떠한 문제도 느껴지지 않았다.

오히려 정신이 맑아지는 것 같았다.

"차에 대해 잘 모르지만 좋은 차인 것 같군요."

묵현은 천천히 차에 입을 가져다 대며 고개를 숙였다.

"과한 대접 감사히 받겠습니다, 방장 대사님."

혀를 타고 짜르르 퍼지는 알싸한 다향.

쉽게 구할 수 있는 차가 아니었다.

단지 한 모금 맛을 보았을 뿐인데 절로 감탄이 터져 나올 만큼 좋은 차였다.

비록 견식이 낮아 무슨 차인지는 몰랐지만 말이다.

"허허, 그저 산에서 나는 풀로 우려낸 소박한 차입니다. 시주."

광료는 그런 묵현의 반응이 재밌는지 웃었다.

왜 안 그러겠는가.

잔뜩 날을 세운 고슴도치마냥 자신을 경계하는 묵현의 모습을 마주하니 생소함에 즐거웠다.

그간 이곳을 찾은 대부분은 소림의 방장 앞이라는 이유만으로 늘 조심하고 또 경건하려 해서 재미가 없었지만 이번에는 달랐다.

예는 차리되 의심은 여전히 버리지 않고 있고, 미묘하게 풍겨 오는 위험한 냄새까지.

광료는 그런 묵현을 즐겁게 관찰하다 입을 열었다.

"살기가 짙은 것을 보니 시주가 당대 묵혈위사겠구려."

한 손으로 염주를 굴리며 광료는 말을 이어 갔다.

"시주를 부른 이유는 다름 아니라 바로 이것 때문이오."

광료가 품에서 꺼낸 것은 낡은 서책이었다.

서책은 세월을 짐작하기 어려울 만큼 잔뜩 삭아 있었는

데 생각보다 보존 상태가 좋아 보였다.

그리고 서책의 앞면은 공백 상태라 무슨 책인지 짐작키 어려웠다.

묵현은 저것이 전대 묵혈위사의 유진이려니 생각했다. 소림이 애초에 자신을 부른 이유가 그것에 있었으니 말이다.

"이것은?"

대뜸 손에 그것을 쥐기보다 먼저 물었다.

광료는 그런 묵현을 향해 고개를 끄덕여 주었다.

"맞습니다. 시주가 짐작하는 그것이지요."

"하면 이것이 어떻게 이곳에?"

서책이 진정 묵혈위사의 유진이라 해도 의문이었다.

대체 무슨 연유로 묵가의 물건이 소림에 보관되어 있단 말인가.

그리고 하필이면 왜 자신들에게 이것을 돌려주려는 것일까.

모든 것이 의문스러웠다.

광료는 그런 묵현의 반응에 재밌다는 듯 또다시 빙그레 웃었다.

"허허, 바로 잡지 아니하시는 것을 보니 의심이 많으신가 봅니다. 시주께서는."

내심 묵현의 모습이 마치 잔뜩 날을 세운 고슴도치 같다는 생각이 들었다.

"본 사가 이것을 보관하고 있던 건, 다름 아니라 전대 묵혈위사께서 말년을 이곳에서 보내셨기 때문입니다."

"……?"

순간 묵현의 두 눈이 동그랗게 떠졌다.

묵현이 알기로 묵혈위사는 대대로 호천묵가 출신이었다.

그 말은 묵가를 책임질 거자가 그들의 운명이었다는 말과도 같았다.

그런데 어찌하여 소림사에 귀의를 했단 말인지, 사연을 짐작키 어려웠다.

"빈승 역시 사연은 잘 모릅니다. 다만 전대 방장께서 이르시길, 후일 묵혈위사의 후인이 세상에 모습을 드러내거든 이것을 전하라 했을 뿐이지요."

진정 모를 일이었다.

대체 무엇이 진실인지 파악조차 되지 않았다.

하나 그렇다고 딱히 광묘가 거짓을 말하는 것 같아 보이지도 않으니 혼란스럽기만 했다.

'하아……'

속으로 몰래 고개를 절레절레 흔들었다.

"진정 그것뿐인지요, 방장 대사님."

그래도 혹시나 하는 마음에 다시금 물었다.

아무리 전승되어 오는 물건이라 하더라도 소림을 책임지

는 방장이 저간의 사정을 아예 모른다는 것이 말이 되지 않았다.

 광료는 그런 묵현의 물음에 예의 포근한 미소만을 지어 보였다.

 그리고 잔뜩 긴장한 모습이 안타까워 자신이 알고 있는 바를 이야기하기 시작했다.

 "사실 빈승이 들은 이야기가 진실인지는 모릅니다. 하나 과거 본사에 전해 내려오는 이야기가 있기는 합니다."

 "……?"

 "흐음, 어디서부터 이야기를 시작해야 할지……. 시주도 아시겠지만 묵혈위사가 출현한 때는 언제나 난세로 천하가 어지러울 때입니다. 그때 출현하셨던 묵혈위사께서는 본래 무척이나 심약한 마음을 가졌다고 합니다. 그래서 난세를 평정하면서 보신 피 때문에 무척이나 괴로워하던 때에 본사의 선대 방장과 인연이 되어 말년을 본사의 참회동에서 평생을 거하셨다고 전해집니다. 그러다 그분이 입적하시기 전에 말년에 깨우친 것들에 대해 세상에 내려놓기로 마음먹고 다시금 본래의 가문으로 돌아가셨다 합니다. 그런데……."

 광료는 잠시 쉬었다가 다시 입을 열었다.

 "그분이 가시기 전에 혹여나 싶어 본사에도 스스로의 유진을 남겨 두셨고, 또 이렇게 서책 역시 맡기셨다고 합니다. 하여 당시 본사의 방장께서 그것을 흔쾌히 맡으시며 전하였으니, 묵가의 사람이 아니면 이 책을 보지 못하리라 하셨답니다. 하여 제가 알고 있는 것은 이게 전부입니다."

묵현은 광료의 말을 들으며 가만히 눈을 감았다.

그리고 과거 묵혈관에서의 경험을 반추했다.

'전대 묵혈위사가 심약했다고?'

믿기지 않는 말이었다.

자신이 알기로 전대 묵혈위사야말로 묵혈위사 역사상 가장 많은 피를 손에 묻혔던 인물이다.

게다가 묵혼동에서 얻은 그의 검의는 지독한 살기를 동반하고 있었다.

그런 그가 참회하기 위해 소림에 머물렀다?

뭔가 말이 되질 않았다.

하나 광료의 말에서 느껴지는 바는 거짓이 아니었다.

그렇다면 방법은 하나였다.

자신이 직접 서책을 확인하는 수밖에 없었다.

"감사합니다, 방장 대사님."

묵현은 품에 서책을 갈무리하며 먼저 자리에서 일어났다. 확인하기로 마음먹은 이상 조용한 곳이 필요했다.

"그런데 방장 대사님, 제가 이것을 조용히 수습할 자리를 부탁드려도 되겠습니까."

"흐음."

광료는 묵현의 물음에 잠시 생각에 잠겼다.

그러다 이내 괜찮은 곳이 생각났던지 고개를 끄덕였다.

"적당한 장소가 있습니다. 그곳은 과거 전대 묵혈위사께서 거하던 곳이기도 합니다."

묵현 입장에서도 최적의 장소였다.

불감청이언정 고소원이라.

그곳이야말로 딱 묵현이 바라마지 않는 곳이었다.

"그럼 제가 먼저 앞장서지요."

광료는 간만에 자신을 재밌게 해 준 묵현을 위해 친히 나섰다.

그리고 그 뒤를 묵현과 묵룡 사조가 뒤따랐다.

문제는 앞장선 광료의 걸음이 무척이나 빠르다는 것이었다.

묵현이야 크게 어려움이 없었지만 묵룡 사조의 사정은 달랐다.

휙-휙-.

주위 경물이 채 모습을 갖추기도 전에 지나가는 광료의 신형을 쫓는 것만으로도 묵룡 사조에게는 버거운 일이었다.

"아, 씨박 무슨 걸음이!"

오죽하면 묵룡 사조 내에서 경신술의 재간이 뛰어나다던 공만구조차 입에 거품을 물 지경이었다.

그만큼 광료의 걸음은 신묘했고 쾌속했다.

불영선하보(佛影仙霞步).

그것은 소림 칠십이종 절예 중 일절로 꼽히는 절세의 보법이었으니 묵룡 사조가 쉽게 못 쫓아가는 것 역시 이해가 될 일이었다.
 하나 문제는 조금이라도 뒤처질 것 같으면 재촉하는 묵현의 압박이었다.
 덕분에 묵룡 사조는 하얗게 질린 얼굴로 계속 달려야만 했다.
 다행이라면 움직여도 소림사 경내에 국한되어 있기에 그리 오래지 않았음이다.
 "허허, 이곳이 바로 전대 묵혈위사가 지내셨던 곳이오."
 광료가 도착한 곳은 소림사 경내의 주요 건물과는 다소 거리가 있는 곳이었다.
 '흐음.'
 묵현은 위치를 유심히 살피며 그곳이 무척이나 교묘한 곳에 위치했음을 알 수 있었다.
 이는 다른 이라면 절대 눈치채기 어려운 일로, 묵현 그가 묵혈위사였기에 느낄 수 있는 부분이었다.
 '진정 전대 묵혈위사가 남긴 것이란 말인가!'
 묵현은 이곳을 보는 순간 광료의 말이 사실임을 확신할 수 있었다.
 직접적으로 소림에 관계하지 않은 것 같으나 실제로는 가장 깊숙한 곳에 자리 잡은 이 허름한 거처를 마주하는 모든 묵혈위사가 그리 느낄 것이다.

 이곳은 묵혈지안을 가진 이라면 능히 모든 소림의 무공을 꿰뚫을 수 있는 위치에 자리 잡고 있었다.

 단지 절간의 땔감을 마련하던 불목하니들의 처소와 가까워 소림사의 승려들에게서 시선이 벗어나 있지만 묵현이 생각하기에 이곳보다 더 확실히 소림을 관찰할 수 있는 곳은 없었다.

 이로써 묵현은 어느 정도 전대 묵혈위사의 의도를 짐작할 수 있었다.

 전대 묵혈위사는 참회를 위해 온 것이 아니다!

 무언가 소림에서 얻어 갈 것이 있어 왔던 것이다.

 대단하다고 해야 할지, 아니면 뻔뻔하다고 해야 할지.

 참으로 교묘한 한 수가 아닐 수 없었다.

 "감사합니다, 방장 대사님."

 묵현은 그런 기색은 전혀 내색하지 않은 채, 안내를 해 준 광료를 향해 감사의 읍을 올렸다.

 여기서 자신이 내색해서 초를 쳐서는 안 되는 일이다.

 전대 묵혈위사의 심모원려를 그저 잘 물려받으면 될 일이었다.

 그래서 더더욱 깊이 고개를 숙였다.

 행여나 광료와 눈이 마주쳐 자신의 속내가 들킬까 저어해서다.

광료는 그런 묵현의 속내는 모르고 그저 세파의 소문과 같이 그리 오만한 이는 아니라 생각했다. 그리고 즐거운 마음에 마주 인사한 후 자리를 피해 줬다.

묵현은 광료가 완전히 자리를 비우자 재빨리 묵룡 사조에게 전음으로 지시를 내렸다.

"그간 수련이 부족해 보이는군. 그 부분은 차후 따로 지도할 테니, 지금은 이곳 주위를 경계하도록!"

동시에 묵룡 사조 전원의 얼굴이 일그러진 것은 당연했다.

묵현은 그런 묵룡 사조를 일별한 후 재빨리 안으로 들어갔다.

무엇을 얻을지 모르지만, 그렇다고 이곳에 오래 머물 여유는 없었다.

아직 복수는 끝나지 않았다.

그래서 묵현은 안에 들어서자마자 다급히 서책을 꺼내 책장을 넘기기 시작했다.

"……!"

책장은 백지였다.

정확히는 묵혈지안으로 살피지 않는 이상 백지일 수밖에 없었다.

서책의 모든 글자는 묵혈지안이 아니면 파악하지 못하게 쓰여 있었다.

그제야 전대 묵혈위사가 얼마나 치밀하게 이것들을 준비했는지 새삼 느꼈다.

서책의 첫 장은 겉면에 보이지 않던 이 책의 제목이 쓰여 있었다.

묵천혈경(墨天血經).

그것은 지난 삼천현의 혈사 때 흉수들이 그렇게나 찾으려 했던 묵천혈경이었다.

하나 애초 묵천혈경의 존재를 몰랐던 묵현은 생소한 제목에 고개를 갸웃거렸다.

'묵천혈경?'

도무지 알 수 없는 제목이었다.

그리고 서책을 읽어 내려가며 묵천혈경의 정체를 파악한 순간, 자신도 모르게 두 눈의 눈동자가 흔들렸다.

묵천혈경은 묵가의 숨은 역사였다.

아니 정확히는 묵가 천여 년의 세월 동안 전승되어 온 묵천경과 묵혈위사만을 위한 묵혈경을 가리키는 말이었다.

그 동안 실전되었다 알려진 묵천경이 바로 이 오래된 서책이었던 것이다.

사실 묵천경의 내용은 별 게 없었다.

묵가의 발원부터 시작해서 역사, 무공의 연원, 묵학도가

지녀야 할 정신과 행동에 대한 가르침이 적혀 있을 뿐이었다.

그러나 묵혈경은 달랐다.

묵현은 이것으로 모든 것을 이해할 수 있었다.

왜 묵가에 묵혈위사가 태어나게 되었으며, 삼천현의 혈사가 일어난 이유가 무엇인지도 알 수 있었다.

묵혈위사는 묵가가 숨기고자 했던 존재였다.

아니 숨어서 날을 갈았던 이들이 바로 묵혈위사를 만들었다.

세상에 알려지기를 묵가는 겸애의 정신을 가졌다고 했다. 하나 오랜 세월 단지 겸애의 정신으로 모든 것을 받아들이기에는 힘들었다.

사랑만으로 모든 것이 해결될 수는 없다.

묵혈위사는 그러한 사상 아래 만들어졌다.

분노하고, 미워하고, 화를 내야만 했을 때부터, 묵가의 숨겨진 칼은 준비되기 시작한 것이다.

그리고 그것이 발전하여 묵혈위사가 태어났다.

묵혈위사.

그 존재가 세상에 처음 선을 보인 날부터 이어진 지독한 피의 전쟁.

묵혈경은 그때부터 쓰인 역사였다.

그러나 단순한 역사서는 아니었다.

적들을 부수고 그들의 피로 씻어 내며 묵혈위사들은 대가를 챙겼다.

그것이 바로 그들 나머지 구류십가의 오랫동안 전승되던 가르침이다.

묵혈위사는 척을 진 세력을 철저히 망가뜨렸다.

그들이 가장 소중하게 생각하던 가르침을 빼앗고 밟아 버렸다.

만약 그렇지 않았다면 이렇게 대를 물려 내려오는 묵가와의 지독한 반목은 존재하지 않았을 것이다.

그리고 삼천현의 혈사 역시 그토록 무자비한 결과를 낳지는 않았을 것이다.

이게 다 묵혈위사가 먼저 행한 일이었다.

으득.

묵현은 이 믿을 수 없는 사실에 자신도 모르게 입술을 깨물었다.

피가 새어 나오며 비린 맛이 느껴졌지만 그것을 신경 쓰기에는 너무도 충격적인 이야기를 마주했다.

묵천혈경에 기록되어 있는 것은 그것만이 아니었다.

묵검이 왜 중석으로 만들어진 것인지에 대한 설명도 나와 있었다.

그것은 철저히 묵혈위사만을 위해 그리된 것이었다.

명가의 비전을 이용해 묵혈검을 각성하기 위해 묵검이

만들어진 것이다.

 게다가 묵혈검이 최후에 개화하여 묵혈신검이 만들어지는 과정까지, 묵천혈경에 기록된 것들은 어느 것 하나 허투루 다룰 수 있는 내용이 아니었다.

 묵현은 묵천혈경을 읽는 내내 머릿속에 자업자득이라는 단어를 지우지 못했다.

 피의 역사는 그토록 깊고 깊게 파여 이제 서로 돌아올 수 없는 골을 만들어 놓았다.

 그리고 서책의 말미에는 왜 전대 묵혈위사였던 묵환이 이것을 소림에 맡겨 두었는지, 그 이유 역시 기술되어 있었다.

 전대 묵혈위사도 처음에는 묵천혈경의 존재를 몰랐다고 했다.

 그러다 싸움의 마지막에 이르러서야 누구도 모르게 묵혈위사들에게만 전승되어 오는 묵천혈경의 존재를 발견할 수 있었고, 역시 충격에 빠졌던 것이다.

 자신이 정의라 생각하며 들었던 검이 결국은 피로 얼룩진 더러운 역사의 연장임을 차마 인정할 수가 없었던 그는 후대에는 자신과 같은 불행을 겪지 않기를 바라는 마음에 처음에는 서책을 파기하려 했었다.

 그러나 차마 그럴 수가 없었던 것이, 없앤다고 사라질 역사가 아니었기 때문이다.

하나 그렇다고 그대로 보관하기에는 책에 서린 피가 너무도 짙었다.

그러다 묵환이 생각한 것이 소림이었다.

불가의 특성상 아무리 짙은 피 냄새라도 희석될 수 있으리라는 생각에 소림을 이용하게 되었다는 묵환의 마지막 말에 묵현은 자신이라면 어찌했을까 생각해 보았다.

아마 자신이었어도 그랬을 것이다.

"하아!"

그리고 묵천혈경이 끝나고 뒤에 이어진 묵환의 마지막 전언을 보자 묵현을 자신도 모르게 실소를 토해 냈다.

그곳에는 해학적인 어투로 몇 가지 말이 적혀 있었는데, 내용이 기막혔다.

처음에야 묵천혈경의 혈기를 가시기 위해 들어선 절이건만 중이 잿밥에 욕심낸다고 이후 적혀진 내용은 딱 그랬다.

호기심에 단지 살펴본다는 것이 어느새 소림 무공의 맥을 완전히 이해하게 되고 보니 그것을 또 그대로 사장시키기는 어려웠다고 적혀 있었다.

결국 어쩔 수 없이 새로이 몇 가지 재간을 남긴다는 말과 함께 적힌 무공들은 하나같이 소림 무공의 극성이거나 아니면 본령이 같았다.

그나마 몇몇은 차마 양심에 걸려 소림사에 따로 남겼다는 이야기까지 읽었을 때, 묵현은 책을 덮으며 자신도 모르게 한숨이 새어 나왔다.
"하아."
 묵환 역시 자신은 아니라고 주장하고 있지만, 결론적으로는 윗대의 묵혈위사와 하나도 다를 바가 없었다.
 묵현은 묵천혈경을 품에 집어넣었다.
 그리고 다짐했다.
 이 어두운 역사를 외면하지도, 그렇다고 반겨하지도 않으리라.
 게다가 묵환과 달리 묵현은 이 안에 담긴 내용을 아낄 생각도 없었다.
 과거에 어쨌건 지금을 살아가는 것은 자신이다.
 자신에게 있어 칠성회는 복수의 대상이었고, 그것은 변하지 않는 진실이다.
 그리고 과거의 일이야 어쨌든, 지금은 묵가가 철저한 피해자였다.
 설령 후에 누군가의 후손이 나타나 자신의 이런 결정을 비난할지언정 묵현은 여기서 멈출 생각이 없었다.
 묵현은 묵천혈경에 담긴 내용을 죄다 끌어낼 생각이었다. 그것이 복수에 도움이 된다면 마다할 이유가 없었다.
 게다가 이제 남은 묵가의 세력은 무척이나 적다.
 묵현에게는 그들 모두가 소중한 존재였다.
 그들을 더 이상 잃을 수는 없었다.

제아무리 피가 짙게 베인 묵천혈경이라 해도 이용할 수 있다면 이용하는 게 묵현에게는 옳은 일이었다.

 그렇게 해서 모두의 안전이 조금이라도 보장된다면 그것으로 족했다.

 묵현은 이참에 묵청인과 의논하여 묵가의 묵룡위 전원을 한곳에 소집하리라 생각했다.

 칠성회와 묵가, 둘 중 하나만 살아남을 전쟁이 시작된 지 오래다.

 지금에 와서 그것을 돌릴 방법은 없었다.

 묵현은 그렇게 자신의 생각을 정리한 후 방에서 나왔다.

 볼일을 다 본 이상 이곳에 더 머무를 이유는 없었다.

 그리고 과연 묵환이 무엇을 소림에 남겨 두었는지 궁금하기도 했다.

 어떤 방법으로 남겨 두었는지도 기대가 되었다.

 그래서 그것을 확인하는 것으로 이곳 소림에서의 여정을 정리하기로 결정한 후, 묵현은 묵룡 사조를 불러들였다.

 묵현은 묵룡 사조와 잠시 휴식을 취했다.

 아무래도 자신은 상관없으나 묵룡 사조는 이대로 움직이기에는 무리가 있어 보였기 때문이다. 그에 따른 수련이야 앞으로 얼마든지 할 시간이 있었다.

게다가 이번에 묵천혈경을 통해 얻은 무수히 많은 수련법을 적용하려면 지금은 쉬게 하는 편이 더 나았다.

 그래야 나중에 처절한 수련 앞에 고분고분할 터.

 지금의 휴식은 묵현이 묵룡 사조에게 베푸는 일종의 당근과도 같았다.

 묵룡 사조는 그런 묵현의 의도는 전혀 짐작도 못 한 채 그저 쉬는 것에 기뻐했다.

 만약 그들이 그의 속내를 알았다면 아마도 전혀 기뻐하지 못했으리라.

 그렇게 하루의 휴식이 있은 직후 묵현과 묵룡 사조는 천천히 경내를 돌았다.

 이미 몇몇 중요한 곳을 제외하고는 경내를 돌아보는 데 크게 무리가 없도록 허락까지 받아 두었다.

 그리고 경내를 돌다가 묵환이 남겨 놓은 것을 손쉽게 찾을 수 있었다.

 이것 역시 묵혈지안으로 봐야 제대로 모든 것을 볼 수 있게 만들어 두었던 것이다.

 이러면서 무슨 소림을 위해 남겨 두었다고 큰소리를 쳤던 것인지.

 묵현은 자신도 모르게 고개를 절레절레 흔들었다.

 '진정 못 말릴 조상이야.'

그가 남겨 둔 것은 하나의 각법이었다.

묵혈마각.

아마도 막상 만들어 두고도, 이름에 묵학도의 겸애 사상과는 전혀 어울리지 않을 마(魔)라는 단어를 넣어야 할 정도로 살기가 짙어 소림에 남겨 둔 것이 분명했다.

그렇지 않고서야 묵혈위사가 아니면 찾기 어렵게 해 둘 이유가 없다.

일반적인 사람이 본다면 그것은 단순한 사천왕상에 불과했다.

묵현은 묵혈마각의 구결을 읽으며 다시금 자신의 생각이 옳다고 확신했다.

일격 필살!

한 번의 공격에 하나의 목숨을 앗아 가겠다는 각오로 만들어진 살예(殺藝).

묵혈마각을 설명하는 가장 적합한 설명은 그것 말고는 없어 보였다.

그만큼 살기가 짙은 수법이었다.

게다가 그것은 모순적이게도 소림의 권법에서 기초를 따왔다.

남권북퇴(南拳北腿).

흔히들 양자강을 중심으로 나눌 때 남쪽은 권이, 북쪽은 퇴법이 일절이라 이야기하곤 한다.

소림사(少林寺) 299

그만큼 강 이남의 사람들은 손이 발달했고, 강 이북의 사람들은 다리가 곧고 길었기 때문이다.
 그런 의미에서 보자면 소림 역시 권이 일절이라 할 수 있다.
 그것을 묵환은 단지 발로 바꾸었을 뿐이다.
 일반적으로 알려지길, 발이 손의 세 배의 힘을 지닌다고 한다. 묵환은 그런 발의 힘을 이용해 자비의 무공인 소림의 권을 졸지에 최악의 살법으로 만들어 버린 것이다.
 그렇게 소림에서의 인연을 정리한 묵현은 일행을 이끌고 산문 쪽을 향해 움직였다.
 이제 더 이상 미련을 둘 일이 없어서다.
 그런데 그때였다.
 저 멀리서 누군가가 달려오며 자신들을 불렀다.
 "기다리시오, 시주! 잠시만 기다려 주시오!"
 자신을 부르는 이를 보며 묵현을 고개를 갸웃거렸다.
 아무리 봐도 모르는 이였기 때문이다.
 대체 왜 자신들을 잡는 것일까?
 이유를 알 수 없었다.
 "누굽니까?"
 그래서 자연 상대를 향한 어투가 사뭇 사나웠다.
 상대는 그런 자신의 반응에도 불구하고 다급하게 달려오며 계속 붙잡았다.

이윽고 상대와 묵현과의 거리가 가까워졌을 때 그가 물어 왔다.
"빈승은 광해라고 합니다. 혹 묵완이라는 소년을 아십니까?"

〈제5권 묵혈(墨血)에서 계속〉

묵혈위사

1판 1쇄 찍음 2010년 9월 18일
1판 1쇄 펴냄 2010년 10월 4일

지은이 | 임홍준
편저 | 뿔미디어 기획실
펴낸이 | 정 필
펴낸곳 | 도서출판 **뿔미디어**

기획 | 이주현, 한성재
편집책임 | 장상수
편집 | 권지영, 심재영, 조주영, 주종숙, 이진선
관리, 영업 | 김미영
출력 | 예컴
본문, 표지 인쇄 | 광문인쇄소
제본 | 성보제책사

출판등록 | 2002년 9월 11일 (제1081-1-132호)
주소 | 부천시 원미구 상동 533-3 아트프라자 503호 (우)420-861
전화 | 032)651-6513 / 팩스 032)651-6094
E-mail | BBULMEDIA@paran.com
홈페이지 | www.bbulmedia.com

값 8,000원

ISBN 978-89-6359-636-5 04810
ISBN 978-89-6359-492-7 04810 (세트)

※파본은 본사나 구입하신 서점에서 교환하여 드립니다.

※이 책은 (도)뿔미디어를 통해 독점 계약되었습니다.
저작권법에 의해 보호를 받는 저작물이므로 무단 전재와 무단 복제를 엄금합니다.

참신하고, 끼와 재미가 넘실대는
신무협·판타지 소설을 모집합니다.

참신하고, 끼와 재미가 넘실대는 신무협 판타지 소설을 모집합니다.

많은 장르 소설 작품을 보아 오며,
"나라면 이렇게 할 텐데……."
라고 생각하며 떠올렸던 기발한 소재와 아이디어가 있다면,
마음껏 지면에 펼쳐 보시기 바랍니다.

뛰어난 문장력? 정교한 구성력?
그런 건 그다지 중요하지 않습니다.
재미와 참신함으로 중무장된 작품이라면 열렬히 대환영입니다!

소재에 제한은 없으며, 분량은 한 권(원고지 850매 내외)입니다.
작성 양식은 자유이며, 보내실 때는 꼭 파일로 작성하여 이메일로 보내 주시기 바랍니다.

다만, 호환 마마에 버금가는 미풍양속을 저해하는 단란한 내용은 사절입니다.
특히 엔터 신공은 절대불가! 최고 결격 사유입니다.

저희 도서출판 뿔미디어와 함께
즐겁고 유쾌하게 작가의 꿈을 키워 나가시기 바랍니다.
홈페이지로도 많은 참여 바랍니다.

홈페이지 오픈
www.bbulmedia.com

부천시 원미구 상3동 533-3 아트프라자 503호 (우)420-861
도서출판 뿔미디어 작품 모집 담당자 앞
전 화 : 032-651-6513   FAX : 032-651-6094
이메일 : bbulmedia@paran.com

김태진 게임 판타지 소설

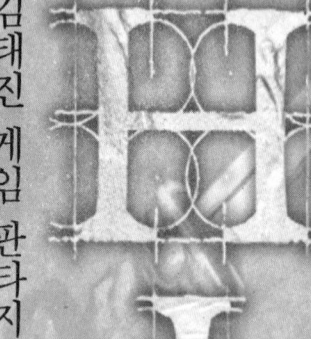

거대한 스케일!
압도하는 박력!
피 튀기는 전장을
지배할 자 누구인가!

야망을 가진 자, 천하를 노려라!

평범한 삶을 살아가던 제갈현에게
운명처럼 찾아온 한 편의 동영상!
잠자던 야망이 눈을 뜨고,
한 사내의 웅심이
천하를 뒤덮는다!

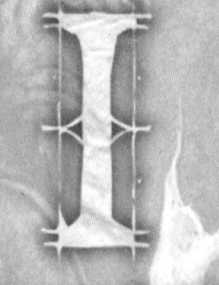

HERO IS DEAD

역사 속 영웅들에게
도전장을 던진 제갈현,
그의 손에 펼쳐지는
대창조의 새 역사!

4권 발행 예정

http://www.bbulmedia.com

http://www.bbulmedia.com